O^2

938

A TRAVERS

LA HAUTE ASIE

OUVRAGES DE LA MÊME SÉRIE

Grand in-8º, de 240 pages.

~~~~~~~~~

———————

A TRAVERS

LA

Haute Asie

PAR

M. de KADENOLE

———————

ABBEVILLE

C. PAILLART, IMPRIMEUR-ÉDITEUR

—

1898

A travers la Haute Asie

I

Le jour commençait à baisser. Au dehors, un de ces
beaux froids ensoleillés qui invitent à la promenade,
malgré la bise, avait constellé de ramures étincelantes
les vitres d'une pièce chaude et vaste, animée par deux
oiseaux chanteurs, un petit chien frileusement étendu
devant le foyer, et une femme vêtue de deuil.

Cette femme semblait arrivée à cette période de la vie
qui oscille entre l'âge mûr et la vieillesse ; son visage,
pâlc, distingué, se revêtait de ce je ne sais quoi de touchant et d'achevé, qui est parfois le reflet d'épreuves por-
tées avec une courageuse douceur.

Au moment où commence ce récit, elle paraissait en
proie à une profonde angoisse ; son agitation intérieure
se trahissait par des exclamations étouffées et des gestes
inquiets. Elle se levait, se rasseyait, prenait et reprenait
une lettre posée sur la table, semblait l'étudier et chercher un sens caché sous le texte.

— Rien depuis un an !... murmura-t-elle en remettant
enfin la lettre à sa place... Mon Dieu !... délivrez-moi de
cette affreuse incertitude !...

Et de ses yeux rougis, les larmes recommencèrent à couler.

Quelques minutes passèrent ainsi ; puis la porte s'ouvrit. Une jeune femme entra, tenant par la main une petite fille d'environ deux ans.

L'enfant se détacha de sa mère pour courir à la maîtresse de maison, et se jeta dans ses bras :

— Bonjour !... grand'mère !

Un sourire brilla à travers les larmes, et l'enfant crut pouvoir s'installer sans cérémonie sur les genoux de *grand'mère* ; mais celle-ci posa doucement la petite fille à terre, et se levant comme mue par un ressort :

— Vous savez quelque chose !... Marthe !...

— Ma mère, je vous en prie, ne vous mettez pas en un tel état ! Le docteur s'est décidé hier à envoyer un télégramme à son ami de Srinagar. La réponse n'est pas encore arrivée.

— Il l'a peut-être reçue et hésite à venir confirmer notre malheur !...

— Ne croyez pas cela. Le docteur le sait parfaitement : la vérité, quelle qu'elle soit, serait préférable à l'angoisse dans laquelle nous vivons !...

— Oh ! que vous dites vrai !... Cette incertitude est horrible !... Est-il mort lentement de faim et de froid dans le désert ?... a-t-il été dévoré par une bête fauve ?... assassiné par des brigands, broyé dans un précipice ?... ou bien vit-il ?... esclave, prisonnier, misérable, accablé de mauvais traitements, sans aucun espoir de salut ?... Hélas ! je cherche à me rattacher à cette triste hypothèse... mais combien elle est incertaine !...

La jeune femme ne répondit pas ; elle prit silencieusement un siège ; alors la petite fille poussa doucement sa grand'mère vers son fauteuil, s'installa de nouveau sur ses genoux et, promenant ses petites mains potelées sur les bandeaux argentés de l'aïeule, elle balbutia :

— Pas chagrin !... grand'mère ! pas chagrin !...

La jeune femme était charmante. Sa physionomie agréable, intelligente et ouverte, laissait discerner, au premier coup d'œil, les qualités maîtresses de son caractère : une énergie indomptable, associée à une ravissante douceur. Revêtant du charme de la forme, des décisions toujours justes, mais parfois sévères, Marthe savait se faire obéir et aimer. On pouvait largement lui appliquer cet adage : *Ce que femme veut, Dieu le veut.*

La porte s'ouvrit de nouveau. Un homme d'âge mûr entra précipitamment en agitant un papier bleu.

Les deux femmes se levèrent en poussant un cri.

— Il est mort !... s'écria l'aïeule. Par pitié !... dites-le !...

Le nouveau venu haussa légèrement les épaules :

— Là !... voilà comme vous êtes toujours !... Mais non !... mais non !... Voici la réponse à mon télégramme, partie du Kachemire ce matin à huit heures !... Hein !... qu'auraient dit nos pères ?...

— De grâce ! quelles nouvelles ? fit Marthe avec un peu d'impatience.

Il déplia le papier bleu et lut :

— Incertitude... Bruit... court... ancien... guide... à... Kouldja... croit... Pierre... vivant... faut-il... envoyer... Kouldja... très incertain... suis... à... votre... service...

— J'irai à Kouldja ! fit Marthe, pâle et résolue.

— A Kouldja !!!!! vous dites cela comme s'il s'agissait d'aller à Florence ou à Alger... Mais, ma pauvre enfant, savez-vous seulement ce qu'est Kouldja ?... où est Kouldja !...

— Je sais que l'on peut y trouver des nouvelles de Pierre. Cela me suffit.

Le docteur regarda la jeune femme ; ses yeux bruns

reflétaient cette expression bien connue de son entourage, qui signifiait : J'ai décidé.

— Voyons, ma chère petite ; et il lui prit la main. Vous ne parlez pas sérieusement. Comment résisteriez-vous aux fatigues et aux périls d'un tel voyage ? Car il ne s'agit pas seulement d'aller à Kouldja en plein Turkestan oriental, ce qui serait déjà une très grosse entreprise. Mais, une fois là-bas, vous voudrez vous lancer à la recherche de ce pauvre Pierre dans toutes les régions explorées ou inexplorées... Et vous n'avez pas la moindre idée de ces affreux déserts de la Haute Asie !... C'est... c'est... c'est impossible enfin !... Jamais je ne donnerai mon consentement...

— Je m'en passerai, répondit Marthe avec un léger sourire. Mon cher tuteur oublie que je suis majeure, et mariée ; par conséquent...

— Et celle-ci ! interrompit brusquement le docteur en désignant l'enfant qui jouait avec le petit chien.

— Ma fille !... Ah ! si je n'avais ici une autre moi-même, je pourrais hésiter ; mais sa grand'mère me remplacera, et je lui laisserai Germaine avec une sécurité absolue. Donc, rien ne me retient, mon devoir est tracé, je dois partir.

— Mais, mais ! c'est insensé !... Et les difficultés matérielles !... et les frais !...

— J'imagine que le gouvernement, n'ayant pas réussi à faire retrouver, par ses agents, un Français chargé d'une mission scientifique, ne refusera pas d'aider la femme qui va à sa recherche.

— Elle a réponse à tout ! fit le docteur abasourdi. Madame, faites-lui donc comprendre la folie d'un tel projet.

Madame Daur répondit :

— Hélas ! si ma raison entre dans vos vues, mon bon

docteur, mon cœur se fait, malgré moi, l'avocat de ma chère Marthe!... Mais vous êtes dans le vrai!... Ma pauvre enfant, ne rendez pas votre fille deux fois orpheline!...

Marthe se leva et renoua les brides de son chapeau.

— Je compte sur vous, docteur, pour les démarches à faire au Ministère de l'Instruction publique. Mon frère m'accompagnera; je sais que son concours m'est acquis. D'autre part, ma vieille Suzon m'est trop dévouée pour refuser de me suivre. Cela suffit... Vous, ma mère, vous prierez et ferez prier Germaine! ajouta la jeune femme, d'un ton où le respect filial s'associait à cette fermeté toute suave à laquelle personne ne savait résister... Je vous laisse Germaine jusqu'à ce soir si vous le permettez... A bientôt, docteur, faites vite, s'il vous plaît.

Et sans attendre de réponse, elle disparut.

Pierre était l'unique fils de Madame Daur, qui avait vu mourir quatre enfants arrivés à l'âge d'homme. Après quelques études médicales, il s'était senti attiré vers les sciences asiatiques; plusieurs travaux remarquables l'avaient mis en évidence, et le gouvernement lui offrit d'entreprendre un voyage scientifique dans les régions inexplorées de la Haute Asie. Il hésita, car il lui fallait laisser, non seulement cette mère dont il était la seule joie, mais encore une jeune femme et un enfant de quelques mois. Cependant, l'amour de la science, et le désir patriotique de servir la France selon ses aptitudes, triomphèrent de ses hésitations : il partit.

Ses premières explorations parurent fructueuses; ses lettres respiraient la satisfaction et la confiance, lorsque, tout à coup, le silence se fit. On le savait parti pour les déserts du haut Thibet; cela pouvait être long. Mais les mois s'écoulèrent... et aujourd'hui une année entière avait passé! Le silence durait toujours!... Les consulats ne

recevaient aucune nouvelle... Et ce lugubre silence continuait à envelopper les traces de l'intrépide explorateur.

Le docteur s'était enfin mis en correspondance avec
un ancien ami, établi au Kachemire depuis plusieurs
années, et pour couper court à toutes les lenteurs, il
venait de se décider à lancer un télégramme, afin d'avoir
une rapide réponse... Et la réponse avait décidé Marthe
à partir.

Peut-être nourrissait-elle déjà cette pensée ; mais elle
n'avait pas jugé à propos de le dire, sachant le *tolle* qui
accueillerait un tel projet. En pareil cas, emporter subitement la place d'assaut, lui semblait plus sûr que les
lenteurs calculées d'un siège.

Tout fut préparé avec une telle célérité que, quinze
jours après les scènes que nous venons de raconter,
Madame Daur réunissait chez elle les partants : Marthe,
son frère, jeune professeur de langues orientales, et sa
vieille Suzon, femme de confiance qui l'avait vue naître,
et avait promis à sa mère, morte jeune, de ne jamais se
séparer de l'orpheline. Et, dût ce détail retarder un peu
notre récit, il nous faut photographier, en deux mots,
cette brave et digne créature avec laquelle nous sommes
destinés à lier plus ample connaissance. Paysanne illettrée,
Suzon n'avait jamais pu se former aux usages des domestiques de bonne maison ; elle était donc fort mal stylée ;
mais ce défaut unique était racheté par mille précieuses
qualités ; et Marthe, habituée dès l'enfance aux saillies et
aux familiarités de sa vieille amie, ne faisait qu'en sourire, et lui portait une sérieuse affection. Grande, sèche
et brune, Suzon n'avait jamais été belle, et n'avait jamais
songé à le regretter ; Marthe était belle : cela lui suf-
fisait.

En ce moment, Suzon faisait mouvoir devant Germaine

un groupe de marionnettes, en inventant une comédie que la petite fille écoutait de toutes ses oreilles.

Tout à coup, une triple exclamation lui fit lever la tête.

C'était le docteur, enveloppé d'un vaste plaid et tenant en main une grande valise.

— Eh! mon vieil ami! s'écria Marthe. A vous voir, on dirait que, comme nous, vous aller partir pour un voyage de long cours.

— Je pars avec vous! répliqua brusquement le docteur.

— Comment! firent tous les assistants.

— Cela vous étonne?... et moi donc!... et pourtant c'est comme cela!... Quand Pierre est parti, il m'a dit: Je vous recommande ma femme!... Par conséquent, en conscience, je dois partager les périls que ma pupille s'obstine à braver, malgré moi!...

— Mais, docteur, vos malades?...

— Oh! ils guériront sans moi : mon élève est bien capable de me remplacer auprès d'eux. Et, du moins, si vous tombez malade vous-même dans ce chien de pays, je serai là pour vous soigner!... Puis, au fond, je ne suis pas fâché de faire connaissance avec mes confrères du Thibet... je pourrai peut-être découvrir quelque bon curatif!... Voyez-vous, on a beau être médecin des hôpitaux, membre de l'Académie de médecine... on ne peut pas tout savoir!... et il pourrait bien y avoir quelque chose à apprendre là-bas... En attendant, pour les éblouir, j'emporte une cassette munie des médicaments les plus nouveaux : sérums variés contre la rage, les serpents, la diphtérie!... Eh bonjour, Suzon!... vous êtes toujours décidée, vous aussi?

Ainsi interpellée, Suzon se leva.

— Monsieur, j'aime trop Madame pour ne pas l'accom-

pagner partout, même au pays des ours blancs et des anthropophages, où nous allons !

— Rassurez-vous ! il n'y a ni anthropophages, ni ours
blancs dans l'Asie centrale.

— Des ours noirs, alors ! c'est tout comme !

— Seulement, ma pauvre Suzon, il ne faut pas vous
attendre à votre café au lait tous les matins.

— Monsieur, on s'en passera ! fit-elle d'un ton héroïque.
Que mange-t-on donc dans ce pays de païens ?

— Dans le désert, on mange ce qu'on trouve, et quand
on trouve.

— Bien ! je vois que nous n'engraisserons pas là-bas.
Mais, peu importe, pourvu que nous retrouvions ce
pauvre cher Monsieur. Mon seul regret est de quitter
cette belle mignonne !

Et essuyant une larme, la brave fille se remit à faire
jouer l'enfant.

— Ah ! j'oubliais ! s'écria le docteur en se frappant le
front. Je vous amène un compagnon de voyage, un ami
à moi, qui nous sera fort utile. Tout cela s'est bâclé si
vite que je n'ai pas pu vous en parler. M. Lebon est un
grand voyageur ; il a déjà parcouru l'Asie, et son expérience nous sera précieuse ; il consent de grand cœur à
s'associer à une entreprise telle que la nôtre ; c'est, d'ailleurs, un homme bien élevé, d'un certain âge ; un de ces
savants que beaucoup de science a ramené à Dieu, si
tant est qu'il en ait jamais été éloigné. J'insiste sur ce
point ; il n'y aura pas de dissonnance dans notre
groupe, et c'est quelque chose entre gens qui risquent
d'aller tous ensemble *ad patres !*... Ce voyageur est en
bas ; puis-je l'introduire ?

— Mon bon docteur, fit Marthe attendrie, les expres-
sions me manquent pour vous remercier !... J'admire
votre dévouement, sans en être surprise ! je vous connais

si bien!... Quant à cet étranger, il est votre ami, cela suffit pour lui donner des titres à ma confiance.

Le docteur sortit, et reparut avec M. Lebon, qu'il présenta à ces dames. Celui-ci s'excusa d'une aussi brusque apparition.

— Il a fallu toutes les instances de mon ami pour me décider à arriver ici presque comme un intrus. Et vraiment, malgré toutes ses assurances, j'ai besoin que vous m'affirmiez que vous acceptez librement mon concours.

— Nous l'acceptons et nous vous en remercions, Monsieur ; vous venez vous dévouer avec nous, comment ne vous en serais-je pas reconnaissante ? fit Marthe avec émotion.

On passa dans la salle à manger. Le repas fut triste, malgré les efforts de gaieté du docteur ; une pensée douloureuse planait lourdement sur cette réunion d'adieux.

On coucha l'enfant qui s'était endormie à table sur sa grande chaise ; on revêtit les manteaux de voyage et on attendit :

— Voici l'omnibus!

Marthe se précipita à travers l'appartement, et courut au petit lit où sa fille dormait. Les boucles blondes s'étalaient sur l'oreiller, les longs cils s'abaissaient sur les joues rondes et roses : elle était ainsi ravissante à contempler, et sa mère la couvrit de baisers et de larmes.

L'enfant, à demi réveillée, se souleva, entr'ouvrit les yeux, en murmurant sa prière habituelle : Bon... Jésus... ra... me... nez... pa... pa...

— Et maman ! sanglota la mère.

— Et... ma... man !... Puis la tête blonde retomba sur l'oreiller dans le calme du sommeil de l'innocence.

La jeune femme essuya ses yeux, rentra précipitamment au salon, et se jeta dans les bras de sa belle-mère.

Une chaude et rapide étreinte enlaça les deux femmes, puis Marthe ouvrit la porte.

— Partons!...

Ils descendirent, s'installèrent dans l'omnibus qui les emporta dans la direction de la gare du Nord, fournissant ainsi leur première étape vers les steppes de l'Asie immense, qu'ils se préparaient à parcourir à la recherche d'une créature humaine.

L'aïeule rentra dans sa chambre, et s'agenouilla auprès du lit de Germaine.

— Cher ange! ta prière innocente les ramènera-t-elle?

Et la pauvre femme sentit une lueur d'espoir se glisser dans son âme, tandis qu'elle implorait la protection du ciel.

II

Emportés rapidement par la vapeur jusqu'à Brindisi,
puis par un paquebot britannique à travers la Méditerranée, la mer Rouge et l'Océan Indien, nos voyageurs
arrivèrent à Bombay avec la célérité et le confort bien
connus. Cet itinéraire était le plus rapide pour parvenir
au Kachemire, car la péninsule indienne est sillonnée de
chemins de fer ; et, par voie ferrée, on peut aller jusqu'au
pied de l'Himalaya occidental. De là, des voitures
légères, *tounga*, vont jusqu'à Murree d'où l'on arrive
assez rapidement à Srinagar, la ville habitée par l'ami
du docteur. Le rejoindre au plus tôt, s'entendre avec
lui, mettre à profit sa connaissance approfondie de l'Asie
centrale, était nécessairement le premier objectif des
voyageurs.

Ils partaient, d'ailleurs, munis des plus chaudes recommandations officielles et officieuses, pour tous les gou-
vernements, princes petits et grands, consuls et chargés
d'affaires ; on pouvait donc, sans trop de témérité, espérer
aide et concours partout où le nom français a pénétré.

La traversée s'effectua par un gros temps qui éprouva
sérieusement Marthe ; et le mal de mer l'avait tellement
fatiguée, que le docteur lui imposa quelques jours de
repos à Bombay.

Ils s'installèrent donc à l'hôtel au nombre de six, car M. Lebon emmenait un serviteur dévoué, fidèle compagnon de toutes ses pérégrinations à travers le monde ; Jacques et M. Lebon étaient deux inséparables.

Bien entendu, le docteur voulut mettre à profit cette petite halte pour satisfaire une légitime curiosité.

On laissa donc, auprès de Marthe, la bonne Suzon, légèrement ahurie par un brouhaha de grande ville, peu semblable au brouhaha parisien, quoique Bombay soit la ville la plus européenne des Indes ; et le docteur, Georges et M. Lebon prirent un aperçu rapide des beautés de la « capitale de l'Ouest. »

Le panorama de Bombay est magnifique ; le docteur et Georges, qui en étaient aux premières impressions, se sentirent émerveillés.

La vaste baie, en amphithéâtre, est bordée d'un côté par les beaux édifices de la cité, de l'autre par Malabar Hill, langue de terre qui s'avance dans l'Océan, toute semée de bungalows, habitations anglaises, jolies, fraîches, entourées de verdure, comme les fils d'Albion savent les organiser sous toutes les latitudes, et s'achevant à pic sur les flots, par le palais d'été et le parc du gouverneur ; Malabar Hill est le centre des gens comme il faut, mais rien n'y offre aux regards cette couleur locale recherchée par le voyageur. Et le docteur déclara qu'il voulait voir la vraie Inde.

— La vraie Inde, en voici un détail ! fit M. Lebon, en désignant au loin un cortège lugubre formé par un groupe de parsis.

Ces hommes, vêtus de longs habits blancs, de pantalons de soie rose, la tête couverte d'une haute coiffure noire, portaient un des leurs au cimetière.

— Suivons, fit Georges.

Le cortège se dirigea vers les tours du silence. Ces

tours, au nombre de cinq, s'élèvent au milieu d'un superbe jardin, habité par une multitude de vautours. Ces édifices n'ont ni toit, ni fenêtres, l'intérieur est garni de niches dans lesquelles on dépose les corps des défunts parsis ; car, d'après leurs rites, les cadavres doivent être dévorés par les vautours, et ceux-ci attendent leur pâture habituelle.

Tour du silence.

Tout en suivant de loin, le docteur interrogea M. Lebon sur le culte des parsis.

— Ce sont les adorateurs du feu, ou du soleil, descendant des sectateurs de Zoroastre. Persécutés en Perse par les Musulmans, ils se réfugièrent dans l'Inde, et sont devenus d'importants personnages depuis la conquête anglaise ; ils ont le génie commercial ; ce sont des hommes dévoués à l'Angleterre, et fort riches. Matin et soir, ils adorent le soleil à son lever et à son coucher. Les femmes sont agréables, et à peu près aussi libres de leurs actes que les Européennes.

— J'ajoute, poursuivit M. Lebon, que, en parcourant l'Asie, nous serons témoins des bizarreries que peut imaginer l'esprit humain, lorsqu'il est en dehors de la vérité religieuse : après les parsis, les brahmanes, puis les bouddhistes, sans oublier les sectateurs de Mahomet.

Arrivés à la petite et unique porte de la tour, les porteurs s'arrêtèrent ; des hommes, qu'on pourrait appeler fossoyeurs, s'emparèrent du mort et disparurent avec lui dans le funèbre édifice. Aussitôt une nuée de vautours prit son vol et s'abattit dans la tour ; puis les assistants se retirèrent.

— Ce n'est pas long, dit M. Lebon. En moins d'une heure, le squelette est nettoyé ; il sèche alors au soleil, et plus tard les ossements sont entassés dans un trou creusé au centre de la tour. On assure que si, par hasard, la mort n'était qu'apparente, les vautours ne s'y tromperaient pas et laisseraient intact le malheureux inhumé par méprise... Ceci, mon cher docteur, serait à signaler à vos confrères de l'Académie de médecine. Au lieu de discuter sur les marques certaines de la mort, il serait ingénieux d'établir un service de vautours pour constater les décès... constater seulement, bien entendu... et non pas dévorer...

— Trêve de plaisanteries macabres, mon cher ami. Cherchons plutôt une couleur locale plus gaie !

— Alors montons dans ce tramway et rentrons dans le cœur de la cité.

Les tramways, ouverts de tous côtés, qui sillonnent cette ville de 700,000 âmes, sont, en effet, par la clientèle hétérogène qui les remplit, une des attractions de Bombay. Là, le parsi prend place auprès du fonctionnaire

Une rue de Bombay.

anglais, le Musulman au turban énorme coudoie l'Indou,
vêtu de blanc ; le Chinois, le Nègre, le Juif y montent
tour à tour. Ailleurs, il n'en est pas tout à fait de même ;
mais à Bombay, les castes vivent rapprochées les unes des
autres, et perdent quelque peu de leur rigorisme. Les
chevaux, vêtus de blanc, ajoutent à l'originalité du véhicule : c'est que le soleil indien est redoutable, même
pour eux. Parfois ils sont remplacés par des indigènes,
au nombre de douze, courant à toutes jambes.

Nos voyageurs visitèrent encore le *Pinjarapole* ou
hôpital des bêtes infirmes, fondation charitable en faveur
des valétudinaires de toute race ; car les Indous ne tuent
jamais leurs animaux, qui vont mourir de leur belle
mort dans cet asile, richement doté, où grouillent : ânes
galeux, poules vénérables, chats aveugles, chevaux
rhumatisants, et même, insectes, chenilles et serpents.
Mais surtout bœufs infirmes, car le bœuf et la vache sont
sacrés.

Dans ce rapide aperçu de la ville de Bombay, aperçu
très incomplet, ils remarquèrent encore plusieurs temples
indous, et parcoururent les rues de la cité, animée par cette
population si variée, où la richesse la plus éblouissante
coudoie les haillons les plus sordides, unis à une malpropreté sans exemple.

Ce mendiant, qui balaie la place où il se dispose à s'asseoir, n'est pas, comme vous pourriez le croire, mû par le
désir de débarrasser le sol des ordures dégoûtantes qui le
couvrent. Il s'agit simplement de s'assurer qu'il n'écrasera
aucun insecte en s'installant à terre.

Pendant ce temps, Marthe était sortie, uniquement
pour se rendre, avec sa fidèle Suzon, à la cathédrale
catholique : Notre-Dame d'Espérance. Ce doux vocable
était de nature à ranimer sa confiance, et la prière des
deux femmes s'éleva, ardente, vers le ciel.

Pour gagner promptement le Kachemire, il fallait prendre le *Bombay Baroda and central India rail way*, qui rejoint à Delhi l'*East Indian*, lequel, à Lahore, se continue par le *North Punjab*. On laisse la voie ferrée à Raoul Pindi, au pied de l'Himalaya. Là, les moyens de transport rétrogradent de plusieurs siècles en arrière.

Décidés, cela va sans dire, à brûler les Indes, car ils ne voyageaient pas en touristes, nos six personnages se bornèrent donc à côtoyer, sans les voir, les splendeurs asiatiques dont plusieurs auteurs ont publié de si merveilleuses descriptions.

Pendant que la vapeur les emporte à travers les plaines sans limites et un peu monotones de la péninsule, abrités contre le soleil et la poussière par un double vitrage et des persiennes closes, les hommes déploient la carte du pays ; et M. Lebon, qui a visité plusieurs fois les Indes, signale à nos compagnons les points intéressants du parcours.

Voici Surate, puis Baroda. Entre ces deux villes, on remarque un banian, *ficus indica*, de dimensions colossales ; ses branches et rejetons décrivent une circonférence de 600 mètres.

Puis on dépasse Ahmédabad, Adjmir, et enfin Djeypour :

Cette dernière ville est, dit-on, une des plus belles de l'Inde. La *Couleur* ! telle en est la caractéristique. Les habitants en sont si friands que, non contents de barioler de peintures les façades de leurs maisons, ils se plaisent à parer leurs animaux domestiques de nuances refusées par la nature, et l'on voit des poules violettes, des chèvres vertes, etc.

— Que dites-vous de ceci, Marthe ? fit le docteur en interpellant la jeune femme.

Marthe paraissait s'intéresser médiocrement au paysage.

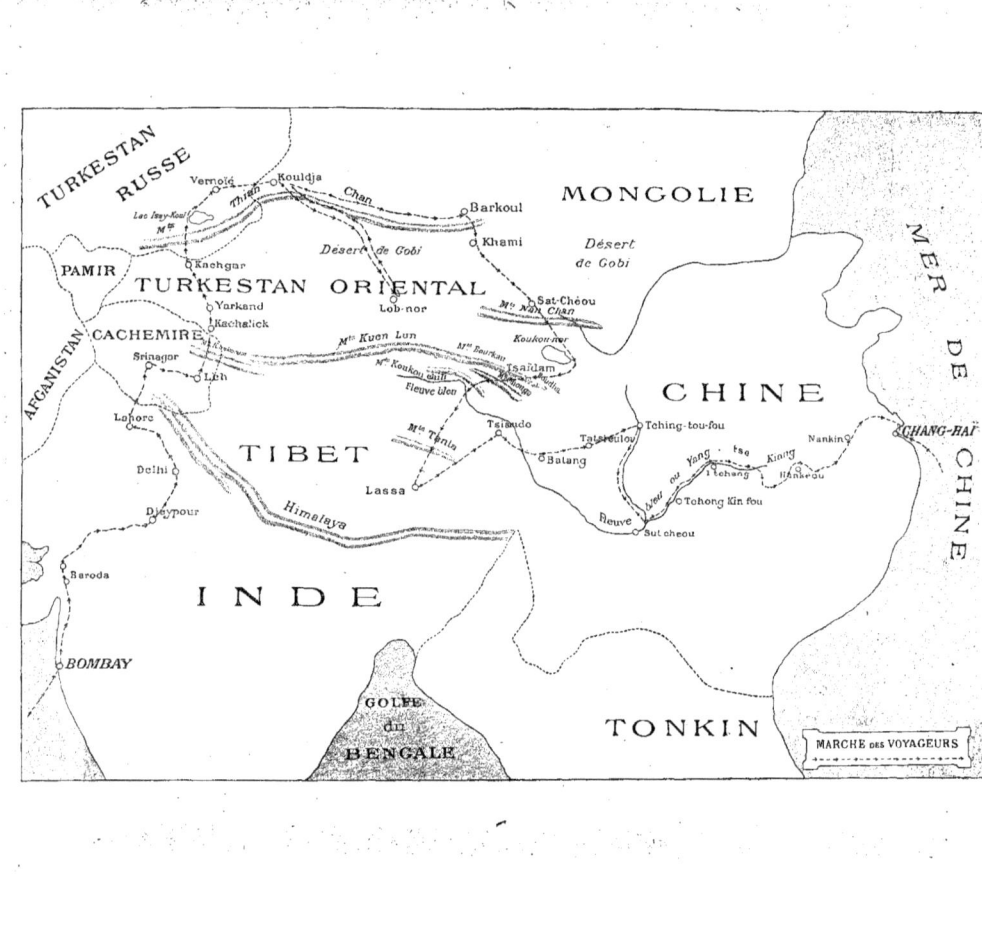

MARCHE des VOYAGEURS

Elle voyageait un peu comme un corps sans âme, réservant ses énergies pour le moment où il faudrait lutter et agir. Mais elle ne put refuser un sourire aux poules violettes qui prenaient leurs ébats autour de la voie.

— Ma chère enfant, dit le docteur, il faut écouter les choses intéressantes que M. Lebon nous explique. On ne traverse pas les Indes sans en prendre une teinture, au moins!... Dire que tout cela nous passe sous le nez!!... Hum!... Hum!...

— Pus tard, dit M. Lebon, quand M. Daur sera des nôtres, Madame s'intéressera aux contrées que nous traverserons. Aujourd'hui, son désir d'arriver à Srinagar est trop naturel.

Marthe remercia M. Lebon d'un sourire.

Que lui importait l'Inde? Quand sa pensée s'éloignait des déserts de la Haute Asie, elle volait auprès de ce petit lit où, pour la dernière fois, elle avait embrassé la petite tête blonde de sa Germaine; puis elle s'élevait au-dessus des tristes horizons de ce monde... là étaient son espoir et sa confiance.

A Delhi, notre groupe changea de train sans s'arrêter. Cette ville, baignée par le Gange et la Jumna, ancienne capitale des empereurs mongols, aujourd'hui bien déchue, renfermait autrefois 2 millions d'habitants, et n'en possède maintenant guère plus de 150,000. Elle renferme cependant des splendeurs qu'il n'entre pas dans notre cadre de décrire.

Puis Lahore, capitale du Pundjab, où l'on fabrique ces cachemires si recherchés autrefois par les dames européennes, bien délaissés aujourd'hui, et enfin Raoul Pindi... Nos voyageurs quittèrent la voie ferrée.

Sans perdre un instant, M. Lebon, déjà rompu aux us et coutumes du pays, loua trois *tounga*, voiture légère à deux roues, sorte de panier non suspendu, garni de deux planches sur lesquelles quatre personnes peuvent prendre place, assises dos à dos. Ce véhicule, peu moelleux, est absolument dénué de confortable. Suzon en fit la remarque en se hissant auprès de sa maîtresse.

— Cela ne vaut pas le chemin de fer ! déclara-t-elle d'un ton convaincu.

— Bah ! Suzon ! vous en verrez bien d'autres ! s'écria le docteur, en prenant place auprès du cocher.

— On le sait, et on ne se plaint pas, Monsieur. Mais il est bien permis de dire ce qu'on pense !

Un soubresaut coupa la parole au docteur qui se préparait à répondre ; et, pour ne pas bondir comme des balles élastiques, en dehors peut-être de la *tounga,* les voyageurs novices durent s'accrocher aux barres de fer qui soutenaient une sorte de toit au-dessus de leur tête. Quelques interjections et quelques monosyllabes purent seules accompagner cet exercice, tandis que les *tounga,* lancées au grand trot sur la plaine d'abord, puis dans le pays montueux ensuite, roulèrent tout le jour pour déposer nos gens, fortement brisés, à Murree.

Murree est une délicieuse station, créée par les Anglais, sur les premiers contreforts de l'Himalaya, à une altitude de 2,400 mètres. C'est un sanatorium destiné aux officiers, et généralement aux Européens, affaiblis et débilités par le climat de l'Inde ; le site est enchanteur, la ville est bâtie sur des montagnes boisées d'où l'on jouit de points de vue superbes. On admire particulièrement le Manga-Parbot, pic chargé de glaciers, d'une altitude de 8,160 mètres.

Après une nuit de repos à Murree, Marthe voulut partir sans tarder davantage.

Grâce à M. Lebon, la caravane fut promptement organisée. Chevaux doux et bien dressés pour les voyageurs et vingt coolies, porteurs des bagages, composèrent l'attirail obligé de cette expédition.

On était, du reste, toujours en pays anglais, jusqu'à Kohola, limite du Kachemire, la *vallee heureuse*, région très vantée, et dont la réputation n'est pas surfaite. Le Kachemire est gouverné par un maharajah, nominalement indépendant, sous la suzeraineté de l'Angleterre, et nos voyageurs étaient chaudement recommandés à ce prince indien.

En quittant Murree, on chemine sous bois, au travers de forêts luxuriantes, peuplées d'acacias, euphorbes, bambous, peupliers, phœnix, bananiers. Puis ce sont des ombrages d'abricotiers, de cerisiers, de grenadiers, qui formaient alors, sur la tête de nos amis une voûte de fleurs ravissantes, destinées à se changer en fruits savoureux qui jonchent, dit-on, le sol sous les pieds des voyageurs. Le soir, on prend gîte au *bungalow*, sorte d'hôtellerie, organisée, de distance en distance, par le gouvernement anglais, où on a le droit de rester trois jours, pendant lesquels on est nourri, en payant sa consommation d'après un tarif officiel. On passe la frontière à Kohola.

Nos voyageurs saluèrent alors l'Hydaspe que tous voyaient pour la première fois. Là, cette rivière historique, encaissée au fond d'une gorge de 60 mètres, roule furieusement ses flots avec des rugissements dont le vacarme ne saurait être égalé, pour arriver plus loin, au lieu où Alexandre la rendit célèbre en la traversant avec son armée pour battre Porus.

Aucun incident ne signala ce premier voyage, et ils arrivèrent rapidement à Baramoula.

Là, parvenus au sommet de la colline du même nom, un cri d'admiration s'échappa de toutes les poitrines, et, spontanément, ils arrêtèrent leurs montures : le Kache-

La Vallée heureuse.

mire s'offrait à leurs yeux émerveillés. La *vallée heureuse*, cette riche et verdoyante contrée de soixante lieues, formant un ovale irrégulier, sillonnée de larges rivières bordées de peupliers, semée de lacs argentés, animée de nombreux villages, égayée par de ravissants jardins, s'étalait à leurs pieds. L'Hydaspe, aux flots bleu sombre, déployait ses méandres ; une ceinture de montagnes couronnées de glaciers enchâssait ce joyau merveilleux, et dans un lointain vaporeux, des dentelures, fines et blanches, se découpaient sur le firmament. C'était l'Himalaya, le géant terrestre, qui dressait ses cimes royales et incomparables.

Après quelques instants d'extase, les cavaliers descendirent la colline, au bas de laquelle s'élèvent les maisons de Baramoula, sises au bord de l'Hydaspe et reliées par un pont de bois à une forteresse située sur la rive gauche.

Au moment où la caravane arrivait devant le bungalow, le docteur poussa un grand cri, et faillit rouler avec son cheval, dans sa précipitation à s'élancer à terre.

Un homme, un Européen, souriait en ouvrant les bras, et le docteur lui donna une chaude accolade.

— Mon cher Thourel !... quelle bonne surprise !...

— J'ai tenu à venir vous souhaiter la bienvenue, et à vous introduire moi-même dans mon pays d'adoption. Veuillez me présenter à Madame Daur.

Pendant ce colloque, Marthe avait mis pied à terre, et devinant, en cet étranger, l'ami qui partageait ses sollicitudes, elle l'accueillit avec cette grâce souveraine dont toute la caravane subissait déjà le charme. Puis, abordant le sujet de ses douleurs :

— Monsieur, demanda-t-elle d'une voix tremblante, avez vous des nouvelles ?

Et l'angoisse répandue sur la physionomie de la jeune

femme parut émouvoir son interlocuteur. Il répondit d'un ton gravement pénétré :

— Madame, je voudrais pouvoir vous les donner meilleures... Je sais, de source évidemment sûre, qu'un tangoute, ayant servi de guide à M. Daur, répète, à Kouldja (où il se trouve en ce moment), qu'il sait ce que votre mari est devenu, mais c'est un secret qu'il ne peut révéler ; il se borne à déclarer que M. Daur existe. Ceci m'a été affirmé encore ces jours derniers par un marchand de Leh revenant de Kouldja.

— Un secret !!! s'écrièrent les assistants avec stupéfaction.

— Peut-être, Madame, aurez-vous raison de son mutisme ! Aussi, malgré les graves difficultés qu'offrent les cols de nos montagnes, je ne puis que vous conseiller d'aller à Kouldja.

— C'est pour cela que je suis partie, répondit Marthe.

Cependant le docteur grommelait entre ses dents :

— Un secret !... un secret !... guère croyable !...

— Ah ! cher docteur ! s'écria Marthe en se tournant vers lui, ne me ravissez pas cette lueur d'espérance ! Et vous, Monsieur, quelle reconnaissance ne vous dois-je pas ?

— Hélas ! Madame ! ce que j'ai pu faire est malheureusement insuffisant... J'ai ici une *tounga*, confortablement aménagée pour remonter la rivière jusqu'à Srinagar. Nos *handji*, bateliers, triés sur le volet, manœuvrent admirablement ; une seconde barque recevra vos bagages et vos gens. Un repas vous attend à bord : c'est de la cuisine française, autant du moins que la chose est possible dans l'Asie centrale. Je vous prie également, Madame, de me faire l'honneur d'accepter la modeste hospitalité que ma femme sera heureuse de vous offrir. Ma maison est simple, mais assez vaste pour vous recevoir tous.

— Monsieur, c'est trop...

— Accepté sans phrases ! interrompit brusquement le docteur. Merci, mon cher ami, je n'attendais pas moins de vous. Je meurs de faim ; allons faire honneur au dîner à la française, servi sur les flots bleus de l'Hydaspe !

Et laissant Jacques se débrouiller pour congédier les coolies et les chevaux, les voyageurs s'installèrent dans la jolie *tounga ;* les avirons battirent l'onde, et un paysage varié, belles montagnes et gracieux villages, commença à glisser sous leurs yeux.

Marthe se sentait envahie par un rayon d'espérance. Elle respirait plus librement, et le poids qui la torturait jour et nuit lui semblait allégé. Etait-ce illusion ?...

Quoiqu'il en soit, elle se laissa distraire et écouta avec intérêt la conversation de ses compagnons de voyage.

— Quel beau pays ! remarqua M. Lebon.

— Très beau, réellement, répliqua M. Thourel, et peut-être aussi par comparaison. Le Kachemire est une splendide oasis de cette Asie centrale, semée de steppes, de déserts arides, de montagnes dénudées et inhabitables. La *vallée heureuse* forme un contraste parfait avec son voisin le Thibet, contrée desséchée et glaciale, dans la majeure partie de son territoire : si impraticable que, malgré les efforts inouïs des explorateurs, certains parages sont encore inconnus.

— Oui, reprit M. Lebon ; et l'étrangeté de ces régions attire précisément les voyageurs. Nous sommes ici, au pied du nœud colossal de la plus grande ossature du globe ; l'Himalaya au sud et le Kouen-Loun au nord s'échappent de ce nœud, et enserrent le plateau thibétain. Ce plateau, le plus élevé du monde, a une altitude moyenne de 4,000 mètres, et les monts qui le dominent s'élèvent à plus de 8,000 mètres. Il en résulte que le climat de ces hautes régions offre de l'analogie avec celui des régions polaires. On y voit même des phoques, dans le lac Koukou-Nor, par exemple, et quelques ours blancs...

— Des ours blancs !... s'écria le docteur... Marthe, il faudra le dire à Suzon !...

— Je m'en garderai bien, répliqua Marthe avec un demi-sourire.

— On comprend, poursuivit M. Lebon, les difficultés qui attendent les explorateurs ; plusieurs ont payé de leur vie le désir de pénétrer dans ces régions inhabitables.

De ce nœud de montagnes, qui se trouve au nord-ouest du Kachemire, rayonnent trois autres chaînes: le Karakorum à l'est du Kachemire, le Bolor (Imaüs des anciens) qui converge vers le nord, et l'Hindou-Kouch se dirigeant à l'ouest. Non loin du centre de tous ces rayons s'élève le plateau du Pamir, terrasse gigantesque, appelée le toit du monde, par les Orientaux. Une multitude de chaînes secondaires se détachent de ces groupes principaux, et font de la haute Asie le pays le plus accidenté du globe, et dont plusieurs détails sont encore inconnus.

— Eh ! eh ! fit M. Thourel, nous avons ici, tout près, dans le Karakorum, de jolies petites altitudes : le *Snowy-Pic*, pic neigeux, n'a que 8,619 mètres au-dessus de la mer... Vous comprenez que, pour nous, votre mont Blanc n'est qu'une colline !

— Encore n'est-ce pas la cime la plus élevée, reprit M. Lebon. Cet honneur appartient, je crois (et sous réserve de nouvelles mensurations) au Gaôurisânkar dans l'Himalaya (Népaul oriental). Ce roi des montagnes mesure 8,840 mètres !

— Vraiment, l'homme est bien petit ! s'écria le docteur. Allons, Georges, Monsieur le Professeur de sciences asiatiques, un peu d'histoire locale, pour faire suite à la géographie ?

3

— Nous sommes ici en plein empire mongol, répondit Georges, et l'histoire de ce peuple est incertaine antérieurement au xiiie siècle.

Avant cette époque, les Tartares et les Mongols erraient en tribus innombrables dans les immenses steppes de l'Asie. Depuis les temps les plus reculés, ces deux races se disputaient le pouvoir. L'apparition du célèbre Gengis-Khan inaugura l'ère glorieuse des Mongols jaunes.

Ces barbares, petits de taille, aux joues proéminentes, d'un caractère cruel, étrangers à tout soin de propreté, vivaient en nomades, sous des tentes de feutre appelées *ordos* : telle est l'origine du mot *horde;* réunion de troupes sous un chef.

Temudjan, ou Gengis-Khan, était d'abord, tout simplement, le chef d'une petite horde, campant près du lac Baïkal. Il sut grouper plusieurs tribus, livra bataille au chef puissant des Tartares, nommé Eung-Khan, réunit une assemblée générale de Mongols, et là, il exposa au peuple son plan qui n'était rien moins que la conquête du monde.

Il fut acclamé, élu *Thing-Khan*, titre dont on a fait Gengis-Khan ; et, fidèle à ses engagements, le nouveau souverain mena ses hordes jusqu'à l'Oural, s'empara de toutes les contrées situées entre ce fleuve et la Chine, jusqu'au fleuve Jaune, renversa l'empire turc de Kharizim qui s'étendait entre la mer Caspienne et les Indes. Il souilla ses victoires par d'épouvantables cruautés, et noya l'Asie dans le sang. Il pénétra même en Europe.

Il mourut, à l'apogée de sa gloire, à Samarkande. Ses fils continuèrent ses conquêtes : l'Europe était en péril. Les Souverains Pontifes s'efforcèrent d'évangéliser les Mongols, ce qui eût conjuré le danger. Telle fut aussi la politique de saint Louis, qui engagea des négociations avec les Mongols en vue d'une alliance contre les Musulmans.

La décadence devait suivre ces trop immenses conquêtes. L'empire fut partagé d'abord en quatre monarchies, puis, avec un affaiblissement progressif, entre une
multitude de chefs indépendants.

Alors parut Tamerlan, descendu de Gengis-Khan par
les femmes. Ses débuts dans la vie ne semblèrent pas
présager sa fortune. Orphelin à l'âge de trois ans, il fut
jeté au désert avec un cheval, un chameau et quelques
compagnons.

Il vécut obscur jusqu'à l'âge de vingt-cinq ans. Alors,
Timour leng ou le boiteux, dont on a fait Tamerlan, réunit quelques troupes, et après un premier échec, il fut
victorieux sous Samarkande (1363), et il s'établit dans
cette ville.

Sept ans plus tard, une assemblée générale lui décerna
l'autorité suprême, et l'acclama *Sahet-Keran* ou prince
des Cornes (ce qui veut dire de l'Orient et de l'Occident);
et il jura de combattre tous les rois de la terre.

Il soumit tour à tour Kachgar, Kharizan, Bagdad,
Delhi, et tous les territoires situés entre la mer Noire et
les Indes, battit Bajazet avec une armée de 800,000
hommes, sema partout la ruine et la mort, et mourut en
marchant vers la Chine, où il voulait venger une injure.

A la nouvelle de la mort de ce terrible conquérant, on
respira en Asie. Ses descendants conservèrent une grande
partie des contrées dont il s'était rendu maître, et le vaste
empire mongol se soutint jusqu'à la conquête anglaise.

Aujourd'hui, la Russie d'un côté, l'Angleterre de
l'autre, rétrécissent le cercle autour de l'empire chinois
occidental, enserré entre l'aigle à deux têtes et le
léopard.

Il y a quelques années, un aventurier, Yacoub-Khan,
réussit à créer un royaume indépendant dans le Turkestan chinois; il s'établit à Kachgar, et parut prospérer

d'abord. Mais il mourut, empoisonné, prétend-on, et la Kachgarie est rentrée sous le joug de la Chine.

— Aussi, ajouta M. Thourel, quand vous aurez franchi le Karakorum, vous arriverez en terre chinoise. Car pour atteindre Kouldja, il vous faut traverser une partie du Turkestan chinois et du Turkestan russe. Sur les terres du maharajah de Kachemire, vous serez entourés de tous les secours possibles ; les ordres sont déjà donnés. Vous n'avez rien à craindre sur le territoire russe. Je n'en dirai pas autant des possessions chinoises. Là, les ennuis et les vexations son à redouter.

— Bah ! je n'en suis pas à mon coup d'essai, répliqua M. Lebon. Je me charge de mettre ces aimables Chinois à la raison. Pour le moment, nous voici tout proche de Srinagar, ville que je n'ai pas encore eu le plaisir de visiter ; elle est fort intéressante, n'est-ce pas, Monsieur Thourel ?

— Vous en jugerez. On a comparé Srinagar à Venise. Traversée par l'Hydaspe, la ville est encore sillonnée par une multitude de canaux qu'animent des barques légères, *chikari*, usitées par les habitants pour se visiter entre eux. Les maisons, en ce moment, offrent l'aspect de jardins suspendus, car leurs toits, revêtus d'une couche de terre gazonnée, se couvrent de fleurs au printemps.

Nous possédons un boulevard de deux kilomètres, ombragé par des peupliers de trente mètres de haut. Les méandres de l'Hydaspe sont bordés de maisons construites en bois, d'une architecture bizarre. Vous verrez, d'ailleurs !... Et, pour faire, comme Monsieur Georges, un peu d'histoire locale, je vous apprendrai, si vous ne le savez déjà, que la ville de Srinagar fut fondée, il y a dix-sept siècles, par un certain roi, nommé Pravarasena ; puis, elle fut conquise avec le Kachemire en 1315 par l'empereur Chante Oudin, qui y introduisit l'islamisme... En 1586, le souverain mogol Akbar l'annexa à ses Etats, et entoura la ville de murailles.

Maisons de bois à Srinagar.

Après le démembrement de l'empire mongol, l'Angleterre céda le Kachemire au maharajah de Djammon.

Tel est, en deux mots, l'historique abrégé de la vallée heureuse, *happy vallee*.

La population, en majorité musulmane, est tenue de

se conformer aux lois indoues ; ainsi, le bœuf et la vache étant des animaux sacrés, il est interdit, dans tout le Kachemire, d'en manger la chair.

Un voyageur cite un personnage, condamné par les pandits, pour ce délit, à porter une rizière sur la tête.

— Une rizière ! !...

— Oui... On couvrit de terre la tête du délinquant, et on y sema du riz : le riz prospérait, et chacun pouvait le voir se balancer en hautes tiges à l'époque de la moisson... Donc, ici, prohibition de biftecks ! !...

— Ces pandits sont des brahmanes, je crois ? demanda Marthe.

— Oui, Madame. Gens d'ailleurs intelligents, d'extérieur distingué, les pandits sont des brahmanes intransigeants, réfractaires à tout compromis de leurs doctrines, et ils tiennent en médiocre estime leurs confrères de l'Inde.

— Ils sont très influents ici, remarqua M. Lebon.

— Je le crois bien !... Ils ont l'oreille du prince. En voici un exemple... Lors de la mort du premier maharajah, Gaulob, ils annoncèrent à son fils et successeur, Ramhir Sing, que l'âme de son père, après avoir transmigré dans le corps d'une abeille, en s'aventurant de trop près sur les eaux du fleuve, avait pénétré dans le corps d'un poisson. L'évènement s'étant passé entre les deux premiers ponts, défense fut faite de pêcher entre ces deux ponts !

— Vous connaissez personnellement le maharajah ?...

— Je suis au mieux avec lui. Il m'a fait plusieurs fois l'honneur de me convier à sa table, ce qui est, du reste, une manière de parler. Cet Indou intransigeant ne mange pas avec les Européens ; il les reçoit, les salue et rentre dans ses appartements. L'usage de la vaisselle étant interdit aux Indous, les feuilles des magnifiques et innombrables lotus qui croissent dans nos lacs, lui servent d'assiettes; on mange avec les trois doigts, car cuillères et fourchettes sont également prohibées. Vous allez admirer nos lotus, en traversant le lac Oualar, lequel, à l'instar du lac Léman, reçoit l'Hydaspe et le laisse échapper par son extrémité opposée. Les lotus à fleur bleue sont particulièrement admirés.

Pendant ce temps, la nuit était venue, la lune se levait belle et sereine, et la barque fut transformée en dortoir, avec une petite pièce séparée par des paillassons, pour Marthe et Suzon ; pour la première fois, la jeune femme eut un sommeil paisible. La confiance était entrée dans son âme.

Suzon se sentait moins tranquille... Quel pouvait être ce secret ?... ce *tangoute*, ce païen,... n'était-il pas tout simplement un mauvais plaisant ?...

Enfin, qui vivrait verrait !

Et là dessus, la brave fille s'endormit à son tour.

Le lendemain, après avoir traversé le lac Oualar, dernier vestige de l'immense lac qui remplissait autrefois la vallée entière, avant la convulsion terrestre qui, en ouvrant le défilé des roches de Baramoula, fit écouler la majeure partie des eaux ; après avoir, disons-nous, traversé ce lac, nos voyageurs ne tardèrent pas à pénétrer dans la ville de Srinagar, la ville neuve du Très-Haut, suivant l'étymologie la plus probable.

La barque glissa d'abord entre des rangées de maisons de bois, gracieusement entourées de balcons à jour, surplombant la rivière, puis sous des ponts également en bois, surmontés de maisons, comme dans notre vieux Paris du moyen âge. Le soir approchait : de nombreuses femmes, vêtues de longues robes bleues ou rouges, la tête gracieusement enveloppée de voiles blancs, arrivaient sur les berges, un vase sur l'épaule. La note de cette population féminine paraissait mélancolique. Elles baignèrent leurs pieds, leurs mains et leur visage dans l'onde, puis, remplissant leurs vases, ces femmes les rechargèrent sur leurs épaules, et disparurent dans l'intérieur de la cité.

Entremêlée de vastes jardins, Srinagar s'étend le long de l'Hydaspe, sur un parcours de cinq kilomètres. L'habitation de M. Thourel était située à peu près au centre. C'était une maison, en forme de chalet, à plusieurs étages, entourée de balcons à jour, sise auprès de la rivière, au milieu d'un vaste jardin.

L'intérieur était meublé à l'européenne. Madame Thourel, Parisienne charmante, entourée de jeunes filles élevées par une institutrice française, accueillit ses hôtes avec une grâce parfaite ; et, comme le déclara le docteur, cet intérieur était un charmant coin de notre Paris, transporté en Asie centrale.

Le lendemain matin, Madame Daur mère se disposait à sortir, lorsqu'un coup de sonnette se fit entendre : c'était un petit employé des télégraphes.

L'aïeule ouvrit le papier bleu d'une main tremblante. Il contenait ces trois mots :

Srinagar. — Nouvelles. — Espoir.

Nouvelles !... Espoir !... Ces deux mots devaient la faire vivre jusqu'à la réception de la lettre qui amplifierait le laconisme du télégramme.

Il eût fait bon de se reposer quelques jours auprès de ces excellents amis. Mais le but à poursuivre ne laissait à notre groupe ni paix ni trêve ; et sans perdre un instant, avec le concours de M. Thourel, ils organisèrent la caravane du départ.

Néanmoins, pendant les quelques jours nécessités par les préparatifs, ils circulèrent dans la ville, et s'intéressèrent surtout à l'industrie qui a pris le nom de la contrée, et dont les produits sont aujourd'hui délaissés en Europe par les caprices de la mode. Mais, sans compter les châles, on fabrique au Kachemire toutes sortes d'objets : ceintures, pantalons, gilets, cravates, bonnets, etc. Les femmes filent la laine qui arrive du Thibet à l'état brut. On la teint en soixante-quatre nuances diverses, dit-on ; le tissage se fait par bandes que l'on réunit ensuite.

Le maharajah leur donna une escorte de douze hommes

La maison de M. Thourel.

chargés de protéger et aider la caravane jusqu'à la frontière.

Des chevaux admirablement dressés, quelques mulets pour les gros bagages ; de nombreux moutons de charge, pouvant porter chacun de 10 à 15 kilogrammes ; deux tentes en feutre, des tentes en toile pour les indigènes ; du thé, de la farine, de la graisse de mouton salée, quelques boîtes de conserves européennes ; des vivres frais pour plusieurs jours ; puis, un ample assortiment de pelleteries et de couvertures pour braver le froid de la montagne ; de bonnes carabines ; des marmites, et une sommaire vaisselle de bois, telles étaient les lignes générales de l'organisation de la petite caravane.

Le mouton de charge excita une certaine surprise, mais M. Thourel convainquit facilement ses amis des avantages de cette petite bête de somme. Ce joli animal, au poil noir, long et soyeux, a le pied parfaitement sûr, trouve seul sa nourriture dans les terrains les plus arides, ne redoute ni le froid, ni le mal de montagne. Enfin, quand les provisions sont consommées, on mange le porteur.

Donc, après avoir échangé des adieux émus avec la famille Thourel, les voyageurs se mirent en route, accompagnés des vœux les plus vifs et les plus affectueux.

Ils se dirigèrent d'abord vers l'est, car il s'agissait de gagner Leh, capitale du Ladak, dans le petit Thibet.

Le petit Thibet, relevant aujourd'hui du rajah de Srinagar, est une contrée aride, montagneuse, enserrée entre l'Himalaya proprement dit et le Karakorum, parsemée de plaines vastes, dénudées, offrant l'aspect de la désolation, et entrecoupées de nappes d'eau salée.

Ce trajet, rapidement accompli, ne donna lieu à aucun évènement digne d'être raconté. On aurait pu s'accorder d'émouvantes parties de chasse, soit à la poursuite des daims musqués, ou des chèvres, soit contre le yak sauvage, animal des plus redoutables, ou l'ours qui habite ces régions. Mais on ne songeait qu'à gagner du temps.

Leh, quoique capitale d'une province, presque un petit royaume, ne renferme pas plus de 5,000 habitants. Rues tortueuses, étroites, presque entièrement couvertes, au moins dans une partie de la cité, par des appentis en planches ; il n'y a de remarquable que le palais des anciens souverains du pays, qui, de ses murailles hautes, de soixante-seize mètres, domine la ville, côte-à-côte avec un monastère bouddhique.

Leh est, d'ailleurs, le centre d'un commerce important,

celui du poil de chèvre apporté du Thibet, matière première des cachemires.

Ici, on s'organisa pour le passage des terribles cols du Sasser, du Karakorum et du Suget.

Les chevaux furent remplacés par des yaks, sauf les deux montures, exceptionnellement choisies, de Madame Daur et de Suzon.

Le yak est le représentant de la race bovine, dans le Tibet ; il se rapproche du buffle par la tournure. Cet animal, ordinairement noir, rarement blanc, a parfois la queue blanche, ce qui constitue une variété recherchée. Son dos s'orne d'une bosse, et il diffère encore de nos races européennes par la longueur surprenante de son poil, et par un cri ou grognement qui l'a fait appeler bœuf grognant. Le yak domestique fournit à l'habitant de ces hautes régions, du lait, de la viande, la matière de ses tentes, et son service. Il a le pied sûr, supporte vaillamment la fatigue ; mais cette bizarre monture a le don d'exercer la patience de son cavalier, plus que ne l'a jamais fait l'âne ou le mulet le plus indocile. Et ces fâcheux caprices, ayant pour théâtre des chemins taillés en casse-cou, on doit comprendre que ce genre d'équitation n'est pas une partie de plaisir.

Le versant méridional inférieur du Karakorum était alors couvert de prairies émaillées de fleurs, et le docteur, ami des simples, put faire une ample moisson de plantes connues et inconnues.

Il se félicitait d'ailleurs hautement, (n'eût été pour un si fâcheux motif), d'avoir l'honneur de franchir la seconde cime de notre planète. Car le Karakorum rivalise véritablement avec l'Himalaya, ce roi incontesté de la croûte terrestre. Sa plus haute crête, après le Snowy-Pic, le Dapsang, ou *Brillante Apparition*, 8,596 mètres, n'a que 220 mètres de moins que le Gaôurisânkar. De plus, par l'étendue de ses glaciers, par l'altitude de ses cols, le Karakorum l'emporte sur l'Himalaya lui-même. Cette énorme masse granitique s'élève en crêtes continues, hérissées d'aiguilles, et offre aux regards émerveillés un des plus splendides entassements de rochers qui soit sous le ciel.

On montait. La température fraîchissait ; les voyageurs durent déballer leurs fourrures.

Bientôt la neige couvrit le sentier.

Cependant le docteur qui ne s'entendait pas le moins du monde avec son yak, saisissait toutes les occasions de mettre pied à terre, et cherchait, de çà de là, des plantes introuvables, car l'aspect général était ici absolument stérile et dénudé... Il herborisait !... prétendait-il, en se penchant, avec la dernière imprudence, au-dessus du gouffre, quand il avait le rare bonheur de distinguer soit un malheureux lichen, soit une graminée sèche, entre les parois des rochers... Marthe poussait des cris d'effroi, et le rappelait à l'ordre. Alors il enfourchait son yak, d'un air penaud, et recommençait un quart d'heure après.

Ce manège devait mal finir. Il s'avança sur une roche chargée de neige, et surplombant l'abîme. Tout à coup, la masse de neige qui le portait se détacha, glissa et fut précipitée le long des flancs presque perpendiculaires de la montagne, entraînant le malheureux docteur, qui disparut enveloppé dans un tourbillon blanc.

Tous poussèrent un cri désespéré. Marthe, pâle comme la mort, sauta à terre et s'élança au bord du précipice ; son frère arriva à temps pour la saisir.

— Il est perdu !... Il est perdu !... Mon Dieu !... pitié !...

Et tombant à genoux sur la neige, la jeune femme éclata en sanglots déchirants.

Tout cela s'était passé avec la rapidité de l'éclair. Et on

ne voyait plus rien, on n'entendait rien ; c'était un silence de mort.

Les hommes sondaient en vain de l'œil les profondeurs de cette gorge étroite et ténébreuse.

— Il faut tout tenter, dit M. Lebon, apportez des cordes.

Le conducteur de la caravane secoua tristement la tête.

— Donnez-moi des cordes! fit Georges.

— Je vais descendre, Monsieur, dit Jacques.

Plusieurs cordes furent réunies bout à bout, et Jacques allait s'y attacher, lorsque deux coups de feu résonnèrent en bas, tout au fond.

— Il vit ! ! !... s'écria Marthe.

— C'est lui ! Que Dieu soit béni! murmura Suzon qui pleurait à chaudes larmes.

Et tous se penchèrent, en appelant de toutes leurs forces :

— Docteur !... Docteur !... où êtes-vous !... Jacques descend !...

Mais ce concert de voix humaines resta d'abord sans écho.

Puis, tout à coup, ils entendirent un éclat de rire presque à côté d'eux.

— Eh! me voici !... un coup de main, s'il vous plaît !...

Stupéfaction générale !

La tête du docteur émergeait à cent pas en arrière, et s'aidant des pieds et des mains, il enjamba le dernier quartier de roc qui le séparait du sentier.

— Ouf! fit-il en s'essuyant le front, privé de son couvre-chef, ouf !... Pour un homme qui a passé la cinquantaine, je ne m'en tire pas trop mal !... Je ne me serais pas cru si fort en gymnastique !...

Tout le monde l'entoura.

— Comment! mais par où êtes-vous remonté?... vous n'êtes pas blessé !!! !... etc., etc.

— Blessé?... J'étais trop bien capitonné dans mon matelas de neige!... Nous avons glissé ensemble, sans encombre, l'un portant l'autre!... une vraie montagne russe!... un peu trop vite pourtant!... j'étais tout essoufflé en arrivant au fond où, pour compléter les choses, je me suis trouvé, *ex abrupto*, nez à nez avec une panthère. Brr !! j'ai été saisi!... Elle aussi, heureusement, a paru stupéfaite à la vue de cette avalanche d'un genre inusité ; et sans lui laisser le temps de reprendre ses esprits, je lui ai logé deux balles dans la tête. J'allais appeler au secours lorsque j'ai aperçu des roches tailladées en échelons par la nature, et craignant l'apparition d'une seconde panthère, je suis remonté au plus vite !... L'escalier n'est pas commode, mais j'en suis venu à bout. Seulement j'ai perdu mon bonnet fourré dans la bagarre !

— Plaignez-vous donc d'avoir perdu votre bonnet, s'écria Georges, alors que vous deviez perdre tout au moins un membre !

— Et même la vie ! dit Marthe, suffoquée par l'émotion. Ah ! mon bon docteur !... quelle frayeur vous m'avez faite !

— Allons, ma petite Marthe, pardonnez-moi, je ne le ferai plus !

— Monsieur parle comme Germaine quand on la met au petit coin, et elle recommence un quart d'heure après ! remarqua irrévérencieusement Suzon.

— Eh bien !... Suzon !...

Une formidable série d'éternuements interrompit le docteur.

— Bon ! me voilà enrhumé du cerveau !... Aussi, pourquoi n'avoir pas de coiffures de rechange ?

— Nous ne pouvions prévoir vos fantaisies, cher docteur, dit M. Lebon.

— Ce sera une petite leçon, ajouta Marthe en lui présentant un châle dont il s'enveloppa aussitôt la tête.

— Et ma panthère ?... Allons-nous la laisser en bas ?...

Sans répondre, M. Lebon lui montra du doigt une nuée de rapaces qui arrivaient à tire d'aile, et plongeaient dans les profondeurs du gouffre.

— Dommage !... s'écria le docteur... une peau superbe !... un joli devant de foyer !...

— Ne perdons pas de temps, reprit M. Lebon ; ceci nous a retardés, et nous devons franchir le col de Sasser avant la nuit.

L'ascension, ainsi interrompue, reprit donc son cours, au milieu d'un dédale de hautes cimes et de glaciers. Le col fut atteint sans encombre ; la descente s'opéra sans accident, et l'on campa sur les bords du Shylock, affluent de l'Indus, au pied d'une muraille de glace, formée par le glacier de Kumdan.

Les tentes dressees, le feu allumé, les marmites se mirent à gazouiller ; et un pauvre mouton de charge, allégé de son fardeau depuis la veille, ne tarda pas à mijoter, tandis qu'on préparait le thé.

Pendant la cuisson du souper, le docteur et M. Lebon mettaient à profit les dernières lueurs du jour, pour explorer les environs, le fusil sur l'épaule, mais aucun gibier ne se montra.

Marthe, assise auprès du feu, prenait sa leçon de langue thibétaine avec son frère.

Car elle voulait parler elle-même à l'homme qui prétendait posséder le secret de l'existence de Pierre ; elle voulait comprendre ses réponses ; et ce vouloir, fort de toutes les énergies de sa nature, obtenait des résultats qui émerveillaient le professeur.

Le docteur ne devait pas tarder lui-même à s'initier aux difficultés de cette langue ; et il était heureusement inspiré, l'avenir le démontrera.

Quant à Suzon, elle prenait plaisir à caresser un petit mouton de charge, qui portait divers menus objets à l'usage de ces dames ; attiré par caresses et friandises, il était devenu très familier, et suivait ses maîtresses comme un petit chien.

Suzon lui avait imposé le nom de *Tamerlan*. La brave fille, en saisissant des bribes de conversation, n'était pas sans savoir qu'un individu ainsi nommé avait jadis fait parler de lui, dans cette étrange contrée ; ce choix de couleur locale était donc satisfaisant.

— Celui-là, on ne le mangera pas ! répétait-elle en passant ses doigts dans la laine fine et longue, noire comme l'ébène, de *Tamerlan*.

— Non, je te le promets, répondait Marthe. Nous l'emmènerons à Paris avec nous.

Pendant ce temps, le docteur et M Lebon échangeaient leurs craintes et leurs préoccupations. Car, ce dernier s'était tellement identifié avec les soucis de ses compagnons, qu'il en oubliait à demi, pour la première fois de sa vie, le côté scientifique de son voyage.

Cependant, le lendemain, il fut impossible aux voyageurs de ne pas se distraire de leurs pensées pénibles, à l'aspect du glacier de Remou, le plus remarquable du monde connu ; cette mer de glace mesure 34 kilomètres de long sur environ 2 kilomètres de large. Les glaciers de l'Himalaya occidental sont d'ailleurs probablement les plus vastes du monde, abstraction faite des glaces polaires.

Après le col de Sasser, il fallut franchir le col de Karakorum ; l'air raréfié éprouva fortement les voyageurs. C'est que le mal de montagne est plus terrible que le mal de mer, car la vie même peut se trouver compromise.

Au col de Karakorum succéda le col de Suget qui devait amener nos amis dans les possessions chinoises.

La descente commença ; elle ne paraissait pas très difficile ; les deux femmes avaient quitté leurs montures, et cheminaient sans se presser, en devisant doucement. Pour la centième fois, Marthe redisait ses espérances. Sa compagne écoutait, soupirait, mais fidèle à sa ligne de conduite, elle ne trahissait pas le fond de sa pensée.

— Oh ! comme nous sommes en arrière ! s'écria Marthe, pressons le pas pour les rejoindre.

Elle achevait à peine ces paroles, lorsqu'une effroyable détonation, répercutée mille fois par les échos des hautes cimes, leur arracha un cri d'épouvante... et une masse blanche passa devant leurs yeux comme un éclair.

D'énormes pierres, mêlées dans cette prodigieuse chute de neige, roulaient, glissaient, s'accumulaient, et neige et pierres remplissaient le ravin à perte de vue, s'élevaient en montagne sur le sentier disparu.

Puis les grondements cessèrent ; tout s'arrêta ; le silence se fit.

Les deux femmes se regardèrent ; elles étaient seules.

— Madame !... Madame !... s'écria Suzon en levant les bras au ciel. Ils sont tous là-dessous !...

Marthe mesura de l'œil l'immensité du cataclysme.

Et elle cacha son visage dans ses mains.

Ils étaient donc venus jusque-là, à cause d'elle ! pour périr tous !...

— Ah ! Madame !... s'écria de nouveau Suzon en lui montrant le torrent.

L'eau, arrêtée dans son cours par l'avalanche, montait, montait, avec de furieux mugissements ; elle allait gagner le sentier.

Marthe leva les yeux : quelques anfractuosités de rochers permettaient une escalade.

— Montons ! dit brièvement la jeune femme.

Et s'aidant des pieds et des mains, elles arrivèrent sur une sorte de terrasse, située à environ 100 mètres au-dessus du sentier.

Là, elles étaient à l'abri des eaux ; mais, là, comme en bas, la masse de neige obstruait tout, se découpant en mille étranges contours.

— Ils sont moins à plaindre que nous ! murmura Suzon d'une voix sombre. Ils n'ont pas souffert longtemps !... et il faudra périr de froid et de faim dans cet horrible pays !...

— Pauvre Suzon !... dit Marthe, en appuyant sa tête gracieuse sur l'épaule de la vieille servante.

— C'est terrible, une mort pareille ! reprit la malheureuse fille. Oui !... ils sont plus heureux que nous !...

— Ecoute, ma Suzon !... peut-être sont-ils sauvés, comme nous l'avons été nous-mêmes !... Tout n'est pas désespéré... Dieu est partout, tu le sais, et partout il prend soin de ses créatures... Nous agirons jusqu'au bout, sans nous décourager.

— Et que ferons-nous, chère maîtresse ?

Un léger frôlement la fit tressaillir. C'était Tamerlan, le gentil Tamerlan, qui venait, inconscient et gai, solliciter une caresse.

— Tamerlan !... s'écria Suzon ; c'est Dieu qui l'envoie !... Bonne bête !... Je vais faire du thé.

Et, toujours pratique, même dans les circonstances les plus terribles, Suzon détacha le ballot dont le mouton était chargé, en tira une lampe à alcool, remplit de neige la petite casserole, et ouvrant une boîte de biscuits :

— Nous ne mourrons pas encore aujourd'hui !...

— Mange, ma pauvre Suzon ! pour moi, c'est impossible !...

Et, faiblissant enfin, la jeune femme éclata en sanglots convulsifs.

— Georges!... Georges!... mon frère aimé!... mon cher docteur!... et tous les autres!... tous!... et à cause de moi!... Mon Dieu!... sauvez-les!...

Et Suzon se mit à sangloter bruyamment à son tour.

Les deux femmes n'étaient pas seules pourtant. Elles avaient dérangé un habitant de ces solitudes, velu personnage, d'un caractère susceptible, disent les médisants, et qui se fâche quand on pénètre dans ses domaines sans sa permission.

Il arriva, debout, les bras étendus, la physionomie furieuse, prêt à recevoir ces intrus de la bonne manière.

— Un ours! s'écria Suzon.

Marthe portait une carabine, comme ses compagnons. Elle n'avait nullement le goût des exercices qui, dans le temps jadis, étaient l'exclusif privilège de la partie masculine de la société. Mais une femme doit être armée lorsqu'elle affronte des périls qui peuvent l'obliger à défendre personnellement sa vie.

Elle tira ; malheureusement la balle ne fit à maître Bruin qu'une légère blessure, et sa fureur redoubla. Il allait saisir Marthe, lorsque Suzon se précipita entre le fauve et sa maîtresse.

Celui-ci poussa un horrible grognement et posa ses lourdes pattes sur les épaules de la malheureuse.

Sous cette effroyable étreinte, Suzon ne perdit pas la tête ; de la main restée libre, elle déchargea à bout portant, plusieurs coups de revolver, et tous deux roulèrent à terre.

Marthe crut un instant qu'elle allait... seule!... survivre à cette hécatombe de tous les siens.

Mais l'ours était mort, Suzon se dégagea, se releva, et toisant son ennemi d'un air de profond mépris :

— Madame, le bon Dieu nous envoie des biftecks !!!...

C'était un ours appartenant à la variété dite du Thibet, laquelle vit cependant d'ordinaire au-dessus de 4,000 mètres d'altitude ; il devait mesurer plus de 2 mètres de long, sa fourrure douce et épaisse était d'un brun sombre sur la croupe, et d'un blanc fauve sur la poitrine ; une bande blanche l'entourait par le milieu du corps, comme une ceinture... Cet animal, assez poltron, était sorti de son caractère en voyant envahir un domicile que nul pied humain n'avait jamais foulé.

Le jour baissait, cependant ; un silence affreux, un silence de mort continuait à régner dans toute l'étendue de ce chaos de neiges, de pics, et de blocs de rochers. Les étoiles parurent les unes après les autres, et l'ombre étendit ses voiles sur le désert.

S'adossant à la montagne, Marthe et Suzon s'enveloppèrent dans leurs manteaux, se serrèrent l'une contre l'autre ; Tamerlan se coucha à leurs pieds, qu'il réchauffa de sa douce chaleur.

Mais la nuit fut très froide, et les deux femmes étaient transies lorsque le soleil, se dégageant des vapeurs empourprées de l'aurore, monta radieux, faisant étinceler, sous ses feux, le blanc et gigantesque massif qui se dressait toujours devant elles.

Aucun être vivant n'apparaissait à l'horizon.

Suzon s'évertua à écorcher l'ours : besogne ardue ! mais que ne peut la faim ?... Elle parvint à arracher quelques biftecks qui furent avalés crus, faute de combustible.

— Nous ne pouvons rester ici, dit Marthe ; je vais tâcher de m'orienter. Commençons par nous élever au-dessus du point de départ de l'avalanche, si la chose est possible ; puis nous marcherons vers le nord-est. Avec l'aide de la Providence, nous parviendrons à gagner la plaine qui ne doit pas être éloignée. Et... si Dieu a sauvé les nôtres... nous les retrouverons !

Alors la prévoyante Suzon empaqueta plusieurs tranches d'ours qui allèrent sur le dos de Tamerlan, rejoindre la lampe à alcool, le thé et les biscuits. Puis les deux femmes se mirent courageusement en quête d'une issue.

La pente était praticable ; elles montèrent, montèrent, et enfin trouvèrent le sommet de l'avalanche, qui se terminait à une muraille de glace, droite et infranchissable. La route était décidément barrée.

— Il faut en prendre notre parti, remarqua Suzon, nous sommes dans une prison, plus grande que Mazas, mais tout aussi bien cadenassée.

Marthe eut un demi-sourire, malgré les larmes qui lui montaient aux yeux.

— Nous tournerons ce glacier, dit-elle, puisqu'il est impossible de le franchir.

L'idée de la jeune femme avait du bon ; l'autre versant présentait des pentes peu escarpées, se terminant à une gorge caillouteuse, arrosée par un torrent rapide.

— En suivant le cours du torrent, nous arriverons, dit Marthe. Les eaux de ce versant coulent toutes vers le nord, c'est-à-dire vers la plaine du Turkestan. Prenons courage et marchons.

— Hum !... Et combien de temps marcherons-nous ?

— A chaque jour suffit son mal. Nous avons des vivres pour la journée ?

— Oui, Madame... mais...

— Dieu y pourvoira demain... En route !

Elles suivirent le lit du cours d'eau jusqu'au soir, mangèrent le reste de la viande d'ours, et dormirent comme la veille.

Le lendemain, elles vécurent de biscuits et de thé.

Le troisième jour, il leur restait quatre biscuits, du thé et de l'alcool.

Marthe regarda Tamerlan.

— Oh ! jamais, Madame !... En tous cas, Madame en mangera seule... moi, je n'aurai pas le cœur de le faire... Songez qu'il nous a sauvé la vie !

— Il faudra pourtant en venir à cette extrémité, ma pauvre Suzon, mais nous attendrons à demain ; d'ici là Dieu nous enverra peut-être du secours.

Elles reprirent leur marche douloureuse ; elles avaient les pieds en sang, et durent faire un effort inouï pour ne pas s'arrêter.

Tout à coup, elles entendirent un grondement sourd qui devint promptement un mugissement furieux, et, au détour de la gorge, les voyageuses virent, à cinquante mètres plus loin, le sol ouvert à pic et le torrent se précipitant en une chute de vingt mètres, environnée de colonnes de vapeurs reflétant les couleurs de l'arc-en-ciel.

Si Marthe avait voyagé en touriste, elle se fût extasiée devant ces jeux de lumière et devant la grandeur sauvage des hautes cimes qui encadraient la scène.

Mais ces splendeurs de la nature étaient un verdict fatal, peut-être un arrêt de mort, et Marthe ne songea pas à admirer.

— Cette fois, nous sommes bien perdues ! fit Suzon en se tordant les mains.

Marthe ne répondit pas. Son regard explorait attentivement la gorge, au delà de la cascade.

— Nous sommes sauvées au contraire ! s'écria-t-elle, tout à coup, d'une voix joyeuse. Ne vois-tu pas un groupe là-bas?

Et elle tira un coup de fusil en l'air.

Une fusillade lui répondit.

— Suzon ! dit Marthe d'une voix entrecoupée, pendant

que tout son être fléchissait sous le poids d'une immense joie... Suzon !... ce sont eux !...

— Vrai !... Madame ! vous avez de bons yeux !...

— Ils approchent !... Ils nous ont vues !...

Le groupe, en effet, s'avança jusqu'au bas de la cascade... Et ils échangèrent avec leurs compagnes de grands gestes émus, car le bruit des eaux empêchait de s'entendre.

— C'est pas tout ça ! remarqua Suzon. Madame pense-t-elle que nous allons nous élancer en bas ?

— Regarde, ma pauvre Suzon !

Georges, aidé de Jacques et de deux hommes de l'escorte, et muni d'une légère échelle de cordes, grimpait comme un chat, le long de la pente abrupte. Arrivé au-dessus de la paroi perpendiculaire qui fermait le passage, il fit glisser l'échelle jusqu'aux voyageuses. Marthe et Suzon gravirent courageusement, l'une après l'autre, ces échelons tremblants. Puis l'échelle fut retirée et tendue de l'autre côté de la chute du torrent.

Aveuglées par la poussière d'eau, trempées, assourdies, elles arrivèrent enfin en bas, suivies de Tamerlan qui avait utilisé pour lui-même ce procédé de sauvetage.

Pour dépeindre la joie indicible de nos voyageurs, il eût fallu traverser les mêmes épreuves. Ils s'étaient mutuellement crus perdus et se retrouvaient au complet, après trois jours de poignantes angoisses.

Les hommes avaient passé ces trois journées à errer dans la montagne, persuadés de la perte des deux femmes, et ne pouvant se résoudre à partir sans elles.

En ce moment, tout fut oublié : la faim, le froid, les périls !

Après les premières minutes d'émotion, Marthe regarda autour d'elle.

— Ah! nous sommes bien appauvris, ma chère enfant!

dit le docteur. A l'exception de ce mulet, qui, Dieu soit loué, portait ces cordes, tous nos animaux ont été engloutis. Nous ne possédons plus, ni vivres, ni tentes, ni couvertures ; et, ajouta-t-il en baissant tristement la voix, quatre hommes de l'escorte ont également péri ; nous les avons vus disparaître sous cette effroyable masse.

Il y eut un instant de douloureux silence.

— Pauvres gens !... dit enfin Marthe.

— Heureusement, ajouta M. Lebon, que nous arrive-rons demain à Shahidulla ; encore une journée et nous serons sortis de ce groupe de montagnes, pour voyager dans un lieu habité.

— Nous jeûnerons un jour de plus, dit Suzon en se plaçant devant Tamerlan.

— Si nous n'avons tué aucun gibier jusqu'à ce soir, il faudra sacrifier votre petit favori, Marthe ! reprit le docteur.

Il n'y avait pas de temps à perdre ; on se remit péni-blement en marche, car tous étaient épuisés. Tamerlan ne quittait pas les côtés de Suzon. On eût dit qu'il avait compris qu'elle se ferait son avocat ; et Suzon le regar-dait avec des yeux navrés.

Mais la Providence mit un troupeau d'antilopes sur le chemin des voyageurs, et trois de ces jolies bêtes tom-bèrent sous leurs balles.

C'était la fin des épreuves, pour cette fois du moins ; le jour suivant, on entrait à Shahidulla.

L'escorte du maharajah avait achevé sa mission ; nos voyageurs étaient arrivés sur le territoire de l'empire chinois.

Le Turkestan chinois forme l'extrémité occidentale du vaste empire du Milieu ; il est borné par le Kachemire et le Pamir à l'est, le Turkestan russe au nord, le Thibet au sud.

Les autorités chinoises se montrèrent favorables, et les Khirguiz de la région consentirent à leur louer des yaks pour le passage du Sanju.

M. Lebon fit fabriquer une sorte de litière, portée par des hommes, afin d'épargner de terribles fatigues aux voyageuses.

Ces dernières purent se reposer dans l'*akoï* d'une famille de Khirguiz.

Tente d'un nomade Khirguiz.

Ces nomades, répandus dans une grande partie de l'Asie centrale, habitent sous des tentes, *akoï*, qui se composent d'un treillis de bois, couvert de feutre blanc ; la couleur rouge est réservée aux plus hauts personnages ; pour les pauvres, il est sans teinture ; cette rustique habitation mesure quatre ou cinq mètres de haut ; elle est fermée par un simple rideau tendu devant une porte basse ; un trou au sommet laisse passer la fumée.

L'*akoï*, dans laquelle Marthe et Suzon avaient reçu l'hospitalité, appartenait à des gens aisés, propriétaires de beaux troupeaux. Deux petites couchettes ornées de belles couvertures, des coffres d'un beau travail, des

armes, des harnais, témoignaient de la richesse de la
famille. La jeune femme, assez agréable de figure,
portait une longue robe blanche ; sa tête était couverte
d'un riche bonnet carré, avec un voile blanc orné de
franges d'or ; elle parut touchée de compassion à la vue
de ces étrangères épuisées et affamées, et leur offrit ce
qu'elle avait de meilleur : des écuelles de thé délayé avec
de la farine d'orge grillé, du sel et de la graisse, puis
pour boisson du *khoumis*, mélange de lait de cavale, de
brebis, de chèvre et de vache.

Et l'appétit étant le meilleur des assaisonnements,
les voyageuses firent largement honneur à ces mets
inconnus.

On se procura difficilement à Shahidulla l'équipement
indispensable pour aller jusqu'à Yarkand, où se trou-
veraient assez de ressources pour remplacer tous les objets
disparus dans la catastrophe du Suget.

Car, avant d'atteindre Kouldja, il fallait traverser le
Turkestan chinois, par Kargalick, Yarkand et Kachgar,
passer les monts Thian-Chang, pénétrer dans l'extrémité
du Turkestan russe, côtoyer le lac Issy-Koul ; puis à
Vernoïé, prendre la route carrossable qui mène à
Kouldja, ville et territoire rétrocédés par les Russes aux
Chinois, depuis quelques années.

L'ascension du col de Sanju est particulièrement difficile, et M. Lebon n'était pas sans appréhensions, car la
saison d'été approchait, et la fonte des neiges pouvait
être à craindre. Heureusement les yaks et leurs conducteurs étaient rompus aux difficultés de cette passe.

Douze Khirguiz servaient de guides, d'escorte, de
conducteurs des yaks. Ces hommes portaient des chapeaux pointus, en feutre blanc, à bords de couleur : c'est
la coiffure d'été. En hiver ils se couvrent la tête d'un

bonnet, toujours pointu, avec de larges oreillons pour se garantir du froid.

La jeune femme qui avait si bien reçu les dames *Firangi,* (lisez Européennes) les combla de ces douceurs de terroir qui étonnaient leurs estomacs, mais qu'elles reçurent avec une grâce qui enchanta la nomade habitante de la steppe. Sans doute, dans la tente kirghiz, on parlera longtemps du passage de ces deux dames étrangères.

Comme nous l'avons déjà dit, la passe du Sanju est très difficile : montées presque perpendiculaires, murs de glaces, pics aigus, effroyables précipices, animés par des aigles au plumage blanc sous les ailes déployées comme la neige qui couvre les altitudes fréquentées par ces rapaces. Tout le monde fut obligé de mettre pied à terre et les yaks, peu dociles, durent être poussés, tirés avec des cordes à grand renfort de cris et de coups ; deux d'entre eux roulèrent dans les gouffres.

Pour descendre, tous et toutes, chacun absorbé par son salut personnel, durent s'aider des pieds et des mains.

Enfin on arriva dans la plaine.

Les voyageurs furent encore reçus dans une *akoï,* pour une nuit seulement ; tous avaient hâte d'arriver à Kargalick.

Dans la plaine, on retrouva de la verdure, et des habitations çà et là ; ce n'était plus le désert, ce terrible désert dont on devait garder la mémoire.

III

A Yarkand. — Du sel partout. — Akoï de Khirguiz. — Le Thian-Chan. —
Vernoïé. — La colonie russe. — Nouvelle apportée par un Sarte. — La
tarantasse, à toute vitesse. — Kouldja. — Chevauchée vertigineuse. —
Le Lob-Nor.

Kargalick est un centre stratégique important, cette
ville se trouvant le point de croisement d'un grand
nombre de routes. Les voyageurs eurent la bonne
chance d'y trouver à louer une charrette couverte,
traînée par deux yaks, et assez commode, dans laquelle
prirent place Marthe, Suzon et le docteur qui n'était
pas fâché de changer de genre d'allure.

Ils arrivèrent à Yarkand.

Cette cité est la capitale commerciale du Turkestan
oriental, se divisant en vieille ville et ville neuve,
entourée de murailles en terre ; les maisons sont également en terre comme dans beaucoup de villes de ces
régions.

La nouvelle ville est située à quelque distance de
l'ancienne. C'est dans celle-là que la troupe réussit à se
caser.

Comme toutes les cités considérables du Turkestan,
Yarkand possède des bazars importants ; on y compte
soixante-dix caravansérails, remplis de marchands ; les
rues sont animées, joyeuses ; et, Suzon, aguerrie aux
étrangetés dans lesquelles sa vie, jusque-là si simple,
était jetée depuis quelques mois, décida Marthe à prendre
avec elle une teinture du pays.

Elles se dirigèrent donc vers les quartiers les plus fréquentés, et visitèrent plusieurs bazars, coudoyées par les pâtissiers qui voituraient leurs gâteaux dans des brouettes, par les marchands de légumes, portant deux corbeilles attachées aux extrémités d'une perche flexible ; les colporteurs offrant aux passants toutes sortes de menus objets ; les grands chariots, attelés de quatre chevaux, dont trois en avant en arbalète ; les ânes chargés de fardeaux ; les fauconniers, leurs élèves sur le poing ; nous ne disons pas : leurs faucons, car dans le Turkestan, (à vrai dire, le Turkestan russe surtout), où tout le monde est plus ou moins fauconnier, on dresse, non seulement des faucons, mais encore des milans, des corbeaux, des buses, des hiboux et même des aigles. Ces derniers, portés sur l'avant-bras de leur maître, sont utilisés pour la chasse du gros gibier : cerfs, renards, gazelles, antilopes. Le hibou sert à chasser le lièvre et le petit-gris. Mais il faut nécessairement l'employer la nuit... aussi, pour retrouver ce chasseur nocturne, on attache des sonnettes à sa queue et à ses pattes.

Du reste, il est à remarquer que dans le monde des rapaces, comme ailleurs, la bravoure ne se mesure pas toujours à la taille. Un voyageur cite un fait à l'appui de ce dire. Il a vu dans un concours, à Tachkent (Turkestan russe), des faucons damer le pion aux aigles.

Tamerlan, qui était devenu un vrai chien, trottinait en se serrant contre la robe de Suzon. Par précaution, cette dernière lui avait passé une laisse autour du cou.

On comprendra, du reste, l'encombrement de la voie publique dans cette ville de 200,000 âmes, quand on saura que la rue principale mesure... trois mètres de large !

Cependant le docteur s'était un peu moqué de l'excès de prudence de Suzon.

— Pour ce que vaut ici un mouton, Tamerlan n'a

Charrette couverte traînée par deux yaks.

rien de précieux, ma brave fille! Songez que cet animal se paie à Yarkand de 40 à 60 centimes.

— La livre?... c'est moins cher qu'à Paris!...

— La livre!... Pauvre Suzon!... Je dis 40 à 60 centimes, le mouton tout entier!

— Tout entier!... Ce serait le cas de venir manger ses petites rentes à Yarkand!

— D'autant plus que le reste est à l'avenant.

— C'est égal, répliqua Suzon, je préfère encore retourner trimer en France... payer le gigot 1 fr. 40 la livre... et ne plus en manger deux fois par jour!

— Effectivement, on vit ici de mouton, on s'habille de mouton, et l'industrie repose sur le mouton, dit Georges. Feutres, tapis, vêtements! Toujours et partout le mouton!... cependant, on mange encore autre chose; et je crois que nos hôtes nous préparent, pour ce soir, un festin de couleur locale.

Marthe eut une légère moue.

— La couleur locale n'a pas l'air de te séduire, ma sœur!

— J'avoue qu'elle m'inspire une certaine défiance.

— Qui vivra verra!... dit M. Lebon en souriant. Je suis heureux de vous annoncer, Madame, que, de notre côté, nous avons pu achever nos achats, et retenir plusieurs chariots pour nous et nos bagages. Nous ferons, à Kachgar, l'acquisition de montures et bêtes de somme indispensables pour franchir le Thian-Chan.

— Vous ne pouviez rien m'apprendre de plus agréable, répondit Marthe. J'ai une telle hâte de voir enfin ce Tangoute!

Le repas, dont Marthe se défiait, se composa de viandes cuites avec du riz et des haricots verts confits. On servit encore des pieds de porcs dans une sauce au sucre, puis des rognons frits, également avec du sucre et associés à des beignets. Ces deux derniers mets, fit observer l'hôte, étaient d'origine kachgarienne. On y ajouta des gâteaux offrant la forme et la couleur des fruits du pays ; somme toute, l'impression ne fut pas défavorable.

Le lendemain, les chariots, attelés, comme nous l'avons dit, de quatre bons chevaux, emportèrent rapidement les voyageurs. Après avoir franchi la région qui avoisine Yarkand, région peuplée, cultivée, verdoyante, ils parcoururent des terrains ondoyants et sablonneux, puis une de ces plaines salines si nombreuses en Asie centrale.

Là croissent des plantes salines, qui s'élèvent sur un sol nu, de couleur grise, ou encore tout blanc de sel. La sève de ces plantes est saline et l'on voit même parfois des cristaux dans les fissures du bois.

Les steppes de sel, les lacs salés abondent dans ces bassins fermés qui forment le centre de l'Asie, lequel était autrefois occupé par une Méditerranée intérieure.

Les cours d'eau qui arrosent ces bassins ne vont ni à l'Océan Indien, ni au Pacifique, ni à la mer glaciale ; ils se perdent dans les sables ou dans les lacs.

Une de ces dépressions se remarque à l'extrémité est du Turkestan oriental. C'est le Tarim, région et rivière, dont le centre forme le Lob-Nor.

Et passant ainsi des paysages riants et cultivés, semés d'habitations, aux vagues de sable, tandis qu'à gauche, la chaîne éloignée du Pamir formait le fond du tableau, ils arrivèrent rapidement à Yangi-Hissar, ville située dans une contrée boisée et charmante.

Puis de Yangi-Hissar jusqu'à Kachgar, ce furent encore des ondulations salines.

Kachgar est moins grand que Yarkand ; et comme dans cette dernière ville, murailles et maisons sont construites en terre.

Nous ne nous y attarderons pas plus que notre groupe qui, muni, pour une somme relativement faible, de chevaux et de chameaux, sans compter les moutons de charge, repartit immédiatement pour le Thian-Chan.

A Karawal, on dressa les tentes auprès d'un campement de Khirguiz : une douzaine d'akoï, entourées de chameaux, de chevaux et de moutons ; c'est-à-dire un point animé imperceptible dans l'immense plaine déserte.

Suzon, en vraie fille d'Eve, eut la curiosité de jeter un coup d'œil dans les akoï.

Ah ! cela ne ressemblait pas à celle qui les avait abritées à Shahidulla.

A Shahidulla, c'était bien la caractéristique du désert, de l'existence nomade ; mais cette habitation sommaire revêtait un cachet presque artistique, servant heureusement de cadre à une femme, dont le costume et les allures annonçaient une aisance réelle, quoique étrangère à nos usages.

Ici, c'était l'absence absolue de tout ce qui, à nous, gens civilisés, paraît être l'indispensable, propreté comprise.

Mais on peut s'en passer, paraît-il, et même vivre en parfaite intelligence avec certains petits individus difficiles à nommer : c'est affaire d'habitude.

Or ces nomades abritaient des légions de ces parasites sédentaires.

Suzon recula effarouchée.

— N'entrez pas là, Madame !... Quelle horreur !... Non, Madame !... non !... Quand j'étais fille de ferme, mes porcs étaient mieux tenus que ces gens-là !...

Pauvre Suzon !... Elle devait en voir bien d'autres.

Mais, n'anticipons pas.

Au pied du col de Keretky, on trouva les mêmes akoï ; cette fois Suzon se garda bien d'en approcher.

Cependant, ces pauvres déshérités se montrèrent bienveillants, et offrirent du lait frais à la caravane.

Ils naissent, vivent et meurent, depuis des siècles, dans cet état misérable, et probablement, leur ambition ne va pas au-delà.

Le col de Keretky est une passe haute de 3,840 mètres. Les voyageurs la franchirent heureusement, ainsi que plusieurs autres cols.

Le Thian-Chan, qu'ils traversaient pour la première fois dans sa partie occidentale, et qu'ils devaient traverser plusieurs fois, comme le montrera la suite de ce récit, le Thian-Chan, appelé aussi monts Célestes, est une très longue chaîne de montagnes, qui traverse l'Asie centrale de l'est à l'ouest, et va s'éteindre au-delà de Barkoul en Mongolie occidentale. Elle porte dans son parcours des noms différents. Aux environs du lac Issy-Koul, on l'appelle Ala-Taou ou monts bigarrés, à cause des nuances tranchées de ses versants, bruns d'herbes brûlées, blancs de neige, noirs de roches schisteuses ; ailleurs, Kokchaal-Taou, ici, les monts sont perpétuellement enveloppés de brumes bleuâtres, etc.

Ils côtoyèrent ensuite le lac Issy-Koul (lac chaud), splendide nappe d'azur, transparente, couvrant une superficie de 200 kilomètres sur 53, baignant de ses eaux bleues une grève rouge, autrefois déserte, et environnée de mystère, aujourd'hui peuplée de villages russes ; les monts neigeux dressent leurs blanches crêtes, autour de ce lac poissonneux qui ne gèle jamais, privilège qu'on attribue à l'existence de sources chaudes jaillissant dans le fond de son bassin.

Nos amis étaient maintenant en pays russe, c'est-à-dire en pays européen, dans le gouvernement général des steppes, lequel s'étend entre le Turkestan proprement dit et la Sibérie.

Ce gouvernement se divise en plusieurs districts et les voyageurs avaient à traverser le district de *Seméritchié*, ou des sept rivières, dont la capitale est la ville de Vernoïé.

On attendait les voyageurs à Vernoïé.

Les dames de la colonie russe étaient impatientes de connaître cette Française héroïque dont la touchante histoire lui avait gagné d'avance tous les cœurs féminins. Cependant on ne pouvait songer à lui faire une ovation joyeuse, ni à donner des fêtes en l'honneur d'une femme qui portait une cruelle blessure, et dont l'odyssée s'achèverait peut-être par la certitude d'un veuvage.

Du moins, un appartement lui fut préparé chez le gouverneur, dont l'aimable famille mit tout en œuvre pour réconforter, au moral comme au physique, l'intéressante Française. Soins délicats, attentions affectueuses, ardente sympathie, tout cela était bon et doux au sortir de si dures étapes.

En historien véridique, nous devons dire que les voyageurs éprouvèrent un certain bien-être en retrouvant les mille détails de la civilisation européenne, détails de peu d'importance, semble-t-il, surtout quand on poursuit un but supérieur. Marthe planait, d'ordinaire, au-dessus de ces mille liens qui captivent tant d'âmes, et elle n'avait jamais placé son bonheur dans les jouissances matérielles.

Néanmoins, le savon à discrétion, un lit garni de draps propres, la possibilité de manger autrement qu'avec les doigts, ne la laissèrent pas absolument indifférente.

Mais les témoignages de sympathie de toute une ville lui firent une impression autrement profonde ; et Marthe ne put retenir ses larmes, lorsque, dans les salons du gouvernement, une députation de dames et de jeunes filles vint lui offrir les vœux ardents de la cité, avec de magnifiques gerbes de fleurs.

C'était une de ces haltes reposantes que Dieu place de temps à autre dans la vie humaine.

Le lendemain matin, de bonne heure, le docteur frappa à la porte de Marthe qui venait de se lever.

Sa physionomie annonçait du nouveau. Marthe pâlit, eut un terrible battement de cœur, et tomba sur un siège.

— Vous savez quelque chose, docteur ?

— Allons, pas d'émoi, ma chère petite !... Il y a tout simplement ceci : le gouverneur vient de me prévenir qu'un marchand Sarte, qui est allé passer quelques semaines à Kouldja, a vu l'ancien guide de votre mari...

Marthe bondit :

— Vite !... vite !... qu'il vienne !...

— Je vais à sa recherche, et vous l'amènerai avec un interprète ; j'ai voulu vous prévenir immédiatement de cette nouvelle... heureuse, peut-être !...

— Hélas !... que va-t-il me dire ?...

Et Marthe resta songeuse et agitée ; Suzon était aussi troublée que sa maîtresse.

— Eh ! Madame, qu'est-ce que c'est, un Sarte ?... Encore une race de païens, sans doute ?

Marthe soupira.

— Tu dis vrai, ma bonne Suzon ; tous ces pauvres gens n'ont pas, comme nous, le bonheur d'être éclairés par les lumières de l'Evangile. Ils méritent notre compassion et non pas nos mépris. Les Sartes sont une des nombreuses races qui peuplent l'Asie centrale ; contrairement aux Khirguiz qui vivent à l'état nomade, les Sartes habitent les villes et s'occupent surtout de commerce.

— Ah ! Madame !... qui m'aurait dit quand je soignais

mes vaches, que je ferais connaissance avec tous ces sauvages-là !...

— Ma pauvre Suzon, sois tranquille, je n'oublie pas que c'est à cause de moi...

— Eh ! Madame !... ma mère avait coutume de dire : Mes enfants, faut faire ce qu'on doit !... Et je dis comme elle : si « ce qu'on doit » mène au pays où tout est salé, jusqu'aux arbres, et où l'on voit des gens jaunes et noirâtres qui ne croient point en Dieu, il n'y a qu'à prendre ses cliques et ses claques... et partir !...

— Ma bonne Suzon, je sais de longue date que tu es le devoir personnifié, répondit Marthe dont les yeux se remplissaient de larmes.

— Allons, voilà que je vous fais pleurer, maintenant, sotte que je suis !

— Ne le regrette pas, Suzon ; s'il y a des larmes amères, il en est de douces qui soulagent...

Le docteur avait fait diligence, et il ne tarda pas à reparaître, suivi du Sarte, et d'un Polonais exilé, qui cherchait à se consoler de la patrie absente, en étudiant à fond toutes les langues parlées dans l'Asie centrale. C'était un interprète de bonne volonté.

Ce Sarte n'était ni noir, ni jaune, car la famille sarte appartient à la race blanche ; son visage, bruni par le soleil, n'avait rien de désagréable, et sa physionomie était intelligente.

— Vous avez vu récemment l'ancien guide de M. Daur ? demanda Marthe.

— Je viens de rencontrer à Kouldja le Tangoute Landzamba, autrefois barantagi, maintenant guide dans la montagne... Il m'a dit avoir conduit l'année dernière, jusqu'au Koukou-Nor, et même au-delà, un *Firangi* du nom de Daur.

— Et ensuite ? demandèrent tous les assistants.

— Il ne m'a pas appris autre chose... Ce voyageur est allé plus loin, dans des contrées où Landzamba n'a pas voulu le suivre.

— Où?

— Cela, il ne le dit pas.

— Croyez-vous qu'il me le dira à moi? demanda Marthe.

Le Sarte comprit, sans interprète, la question de la jeune femme. Il répliqua :

— Landzamba me l'a donné à entendre. En apprenant de ma bouche que le bruit courait ici de l'arrivée de la femme du *Firangi*, venant des pays lointains, il a répondu : A elle, peut-être dirai-je quelque chose, car le Firangi aime cette femme; ses pensées sont toujours tournées vers le ciel d'Occident, où il l'a laissée avec un enfant tout jeune.

— Dieu soit loué! s'écria Marthe.

— Mais, reprit le Sarte, si vous voulez le voir, il faut vous hâter. Landzamba est resté longtemps à Kouldja, pour soigner une chute grave qu'il a faite dans son dernier voyage ; or, il est rétabli maintenant, et deux voyageurs viennent de le louer pour les accompagner dans le Lob-Nor.

— Bon! s'écria le docteur ; nous allons le manquer !

— Partons !... Partons !... à l'instant même !... ne perdons pas une minute !... s'écria Marthe.

— Mais, ma chère enfant, il faut bien prendre le temps de s'organiser !

— Organisés ou non, je pars à l'instant, fit-elle, en se levant ; je pars seule si personne n'est prêt à m'accompagner !

— Madame, dit alors M. Lebon, nous allons nous procurer des voitures avec toute la célérité possible ; je cours instruire le gouverneur de ce qui se passe.

En apprenant ces nouveaux évènements, le gouverneur dépêcha immédiatement un courrier, à bride abattue, pour faire préparer des chevaux de rechange sur la route, et prier le consul russe de Kouldja de tâcher de retenir le Tangoute jusqu'à l'arrivée des voyageurs.

Et quelques heures après, plusieurs tarantasses, attelées de vigoureux chevaux, arrivèrent devant l'hôtel du gouvernement.

Ces véhicules, d'un usage général dans toute l'Asie russe, ont la réputation d'être un instrument de torture, réputation surfaite ; le voyageur qui n'est jamais monté en tarantasse, ne sait ce que c'est que d'être cahoté, cela est vrai. Mais ce genre de voiture offre cependant de précieux avantages. La caisse est très longue ; on peut s'y étendre et dormir passablement, sur un épais lit de foin, recouvert de couvertures et d'oreillers. Une capote abrite le fond de la tarantasse et un tablier de cuir préserve le devant. Les ressorts consistent tout uniment en bâtons de bois de bouleau. Trois chevaux en arbalète, souvent lancés au galop, traversent rapidement les steppes immenses, et une tarantasse bien établie résiste mieux que tout autre véhicule aux épreuves de tout genre d'un long trajet dans le Turkestan et la Sibérie.

La femme du gouverneur embrassa affectueusement cette amie d'un jour, et les yeux pleins de larmes, elle lui dit :

— Chère Madame, j'apprendrai le succès de votre héroïque entreprise avec une joie indicible. Les vœux et les prières de toute notre ville vous accompagnent.

Marthe la remercia avec effusion ; en ce moment on apporta le courrier du gouverneur, et celui-ci se hâta de remettre à Madame Daur une lettre portant le timbre de Paris.

Elle était remplie des paroles tendres et réconfortantes

de sa belle-mère. A la dernière page, deux lignes informes, en lettres très fantaisistes, firent monter les larmes aux yeux de la voyageuse : Germaine avait voulu « écrire à maman » ; et, de sa petite main, aussi maladroite que gracieuse, dirigée péniblement par « grand'mère », l'enfant envoyait un tendre baiser à « maman chérie ».

La jeune femme posa ses lèvres sur le cher barbouillage, et dit à Suzon :

— C'est Germaine qui a écrit !

— Oh ! la belle mignonne !

Et Suzon, avec la liberté d'allures que nous lui connaissons, s'empara du papier, et le baisa à son tour.

— Elle est trop gentille !... fit la vieille bonne en s'éclaircissant le gosier.

Cependant Suzon avait une question sur les lèvres, et elle parvint à la poser à M. Lebon, qui arrimait lui-même quelques colis fragiles.

— Monsieur, qu'est-ce que c'est, un barantagi ?

— Cela veut dire voleur de chevaux.

— Voleur de chevaux !!

— Chez les Khirguiz, c'est une profession avouée qui ne déshonore pas. Mais le Sarte doit être dans l'erreur. Les Tangoutes ne font pas la baranta, ils préfèrent détrousser les caravanes. Hâtez-vous, Suzon, Madame Daur vous appelle.

Suzon s'installa auprès de sa maîtresse dans la première tarantasse, pourvue de tout ce que leur hôtesse avait pu imaginer de confort et de gâteries aimables : vin du Caucase, thé exquis, fruits de la saison, conserves européennes, coussins, rideaux, etc.

Le docteur, M. Lebon et Georges se casèrent dans la seconde tarantasse, les bagages indispensables occupaient les deux dernières voitures ; Jacques se plaça tout à l'arrière-garde.

Tamerlan ne fut pas oublié dans l'émoi d'un départ si précipité. Suzon avait trouvé le temps de lui organiser un petit retiro, avec une couchette de foin, dans la tarantasse des colis.

Quant aux bêtes de selle, et au reste de l'équipage, ils devaient les suivre plus lentement.

Les fouets claquèrent, les chapeaux et les mouchoirs furent agités de part et d'autre, et les voitures s'élancèrent au grand galop.

— Voleur de chevaux, ou voleur de grand chemin ! pensait la vieille fille. Jolis métiers !... Quelle idée a donc eue Monsieur de prendre à son service un individu si peu recommandable !... enfin qui vivra, verra !

— Ouf !... fit le docteur en s'installant de son mieux dans un coin de la seconde tarantasse. Je crois que nous ne nous reposerons que dans l'autre monde. Si le Juif-Errant a, jusqu'ici, été un mythe, nous nous apprêtons à l'incarner dans nos personnes. Vous allez voir que ce Tangoute aura quitté Kouldja, et que, pour l'atteindre, Marthe nous fera faire le tour du monde en quatre-vingts jours, et même moins, je m'en rapporte à elle !

— Pauvre Marthe ! murmura Georges.

— Ah ! mon cher ami ! je dis comme vous : pauvre Marthe ! je le dis du plus profond de mon âme. Mais, à un homme de mon âge, fourbu, éreinté, il faut bien pardonner quelques gémissements plaintifs !

Et les tarantasses couraient, volaient ; les relais, préparés à l'avance, s'exécutaient avec une célérité toute militaire... Ce devait être ainsi, jour et nuit, jusqu'à Kouldja.

Et, des deux côtés de la route, fuyaient les pommiers, dont les fruits sont, dit-on, les plus beaux qu'on puisse rêver ; puis les steppes, peuplées de perdrix, puis des campements de nomades, des villages russes, des kibitkas de Kalmouks, des montagnes aux nuances variées ; une flore peu différente des flores européennes, bouleaux, saules, forêts d'abricotiers et de pommiers sauvages ; des cultures de riz, de millet, beaucoup de fleurs champêtres formant ici et là des tapis merveilleux ; puis des rivières, l'Ilï, entre autres, bordées de maréçages et de jungles hantés par les tigres et les sangliers.

Du reste, dans cette course précipitée, la faune resta à peu près invisible ; on ne rencontra ni tigres, ni sangliers ; les faisans, les alouettes, les coqs de bruyère se tinrent à distance.

Aux relais, on offrait du lait frais, des abricots, aux voyageurs, en regrettant que les pêches et les melons ne fussent pas encore mûrs.

L'été commençait, mais le climat du Séméritchié est très tempéré ; la chaleur ne monte pas au-dessus de 25 degrés ; aussi le raisin, cultivé dans la province, y donne des produits assez acerbes, la maturité étant insuffisante.

Bien entendu, les voyageurs quittaient Vernoïé sans avoir pu visiter la ville ; mais leurs regrets ne furent pas bien vifs ; M. Lebon qui avait autrefois parcouru le Séméritchié, leur en fit une description sommaire ; Vernoïé n'offre rien de remarquable à voir. Cette ville, bâtie récemment par les Russes, avec le fort du même nom, est située sur l'emplacement du village indigène Almaty. Cette cité a été ravagée trois fois par des tremblements de terre : en 1887, 1889 et 1890. 800 personnes périrent dans ces catastrophes et 2,000 maisons furent détruites. Ce qu'il y a de plus remarquable à Vernoïé, ce sont les pommes, et ce n'était pas alors la saison.

Enfin, Kouldja, la ville chinoise, apparut !

Kouldja !... était-ce l'aurore de la délivrance ?...

Cette poignante question se dressait, palpitante, devant tous les esprits.

Les tarantasses s'arrêtèrent à la porte de l'habitation du consul russe.

Celui-ci vint lui-même offrir la main à Marthe pour l'aider à descendre de voiture.

— Ah ! Monsieur ! s'écria-t-elle, arrivons-nous à temps ?

— Veuillez entrer chez moi, Madame, je vous mettrai au courant de la situation.

Et quand ils furent réunis dans le salon, le consul reprit :

— Madame, le courrier de Vernoïé est arrivé hier matin. J'ai fait rechercher immédiatement le guide Landzamba ; malheureusement, il était parti depuis deux jours pour le Lob-Nor avec des voyageurs hollandais.

— Hélas ! dit le docteur, il fallait s'y attendre !

Marthe était atterrée ; son énergie succomba, et cachant son visage dans ses mains, elle fondit en larmes.

Tous la regardaient, profondément émus, et ils se taisaient.

Mais chez Marthe, les moments de faiblesse étaient rares et courts ; elle releva la tête, et affermissant sa voix :

— Partons pour le Lob-Nor !

— Nos chevaux ne sont pas arrivés, hasarda le docteur.

Marthe le regarda fixement.

— Croyez-vous qu'une question de... chevaux... puisse m'arrêter !... notre équipage arrivera quand il pourra... prenons ici des montures quelles qu'elles soient... songez qu'ils ont trois jours d'avance !... mon Dieu ! ayez pitié de nous !...

— Il y a ici des formalités à remplir, remarqua le consul ; vous n'êtes plus en pays russe, c'est-à-dire en pays ami ; les Chinois aiment peu les étrangers, et leur suscitent volontiers toutes sortes de tracasseries. Il faut obtenir des autorités locales la permission de vous diriger vers le Lob-Nor...

— Et pendant ce temps cet homme s'éloignera de plus en plus ! gémit douloureusement Marthe.

— Madame, dit alors M. Lebon, devant les impossibilités, il faut se soumettre ; nous allons faire toutes les démarches nécessaires, et soyez assurés que nous ne perdrons pas une minute.

— Tâchez de prendre un peu de repos, ma petite, dit le docteur, autrement vous succomberez physiquement, ce qui achèvera de compromettre notre entreprise.

Pauvre homme ! Il n'ajoutait pas que lui-même était presque à bout de force ; et on allait entreprendre, dans les sables salés du désert, une chevauchée qui rappellerait ces chevauchées vertigineuses des nobles preux, nos héroïques ancêtres !

Il le fallait pourtant si on voulait atteindre le Tangoute !

Accompagnés du consul, ces Messieurs sortirent, tandis que Jacques allait s'enquérir des montures.

La ville de Kouldja est construite comme un grand nombre de villes chinoises, en un carré régulier percé de quatre portes, et entouré d'épaisses murailles de terre, flanquées d'un grand nombre de tours. Les rues, sales, étroites, animées par une population mélangée de Sartes, Kalmouks, Chinois, Dounganes, Mantchoux et Tarantchis (hommes des champs), n'ont rien de fort attrayant.

Kouldja est la capitale de la Dzoungarie, province conquise au XVIIIe siècle par les Chinois. Les révoltes qui eurent lieu en 1864 et 1865, furent suivies d'affreux massacres commis par les Chinois, et la Russie, intervenant, occupa le pays ; mais en 1881, Kouldja et une partie du territoire ont été rétrocédés à la Chine.

Cette région se divise en trois zones : celle des steppes, à l'ouest ; celle des montagnes, qui entoure la troisième zone, la zone fertile, au climat tempéré, moins brûlant que le Turkestan, moins froid que la Sibérie, dont elle est séparée par de hautes montagnes, très productive en fruits, céréales, et vers à soie.

Pendant que ces Messieurs s'efforçaient de capter les bonnes grâces des autorités chinoises, Marthe, ayant appris de la femme du consul, qui était catholique, qu'il existait à Kouldja une mission belge, et une église, voulut s'y faire conduire, malgré l'extrême fatigue qui l'accablait.

Car la jeune femme, épuisée physiquement, avait encore plus besoin de reprendre des forces morales. Et Marthe et Suzon quittèrent la maison de Dieu, en emportant de nouvelles et fraîches réserves de courage, d'espoir et de résignation.

Le chef chinois se montra bon prince, après quelques difficultés pour la forme, et lorsqu'il se fût dûment assuré que ces voyageurs partaient pour une simple et rapide expédition au Lob-Nor, et qu'ils n'étaient ni Russes, ni Anglais.

Et cela pressait beaucoup, car M. Lebon venait d'apprendre que les Hollandais projetaient, non-seulement d'aller au Lob-Nor, mais ensuite d'explorer les hauts plateaux du Thibet.

Il était urgent de les atteindre avant.

Car les hauts plateaux du Thibet sont une immense région, à une altitude moyenne de 4,000 mètres, très incomplètement explorée, à cause des périls et des difficultés qui la rendent presque inaccessible.

Les oiseaux de passage eux-mêmes, avec leur instinct merveilleux, font un circuit pour éviter ces régions désolées ; et néanmoins quand ils arrivent, dans la saison, au

Lob-Nor, en bandes innombrables, ils sont épuisés au point d'avoir perdu la voix, dit-on, et restent muets, pendant le temps de repos qu'ils s'accordent au bord du lac.

Ce piédestal si élevé est couvert de pics et de chaînes parallèles, qui forment une sorte de plissement régulier sur ce sol de roches dénudées, de neige et de glace. Les frimas, les ouragans, la stérilité, la solitude, l'air raréfié, les espaces immenses et déserts, tout semble dire à l'homme : tu ne passeras pas par ici !

De plus, chercher une créature humaine dans ces vastes régions sans routes tracées, serait tout simplement un acte de folie.

Mais M. Lebon connaissait maintenant Marthe. Il le savait : cet acte de folie, Marthe le tenterait.

N'était-il pas d'ailleurs sévère en taxant de folie ce qui mériterait peut-être d'être appelé dévouement et héroïsme ?...

Il fallait donc chevaucher jour et nuit, presque sans repos, pour arriver à temps.

On trouva des chevaux, rapides coureurs ; et sans s'embarrasser d'autres bagages que du strict nécessaire : trois tentes en toile et quelques vivres, portés par des chevaux tenus en bride par quatre hommes également montés, le lendemain de l'arrivée des voyageurs à Kouldja, ils étaient sur la route du Lob-Nor. Mais, auparavant, tous avaient entendu une messe matinale.

La route, assez bonne, traversa d'abord une contrée riante, de verts pâturages, des campements de Kirghiz et de Kalmouks, puis des passes appartenant au système des monts Thian-Chan. Voyageant la nuit, et prenant quelques heures d'un repos indispensable au moment le plus chaud du jour, nos voyageurs étaient favorisés par un clair de lune superbe. Leurs montures paraissaient infatigables. Les nomades, troublés dans leur sommeil, par ce bruit inusité de sabots de coursiers frappant la terre au milieu du silence de la nuit, durent rêver, sous leurs tentes, des épopées de leurs ancêtres mongols, alors qu'ils volaient à la conquête du monde.

Quand le soleil, dardant ses chauds rayons sur le sol brûlant, marquait 35 ou 40 degrés centigrades, on dressait les tentes, et on s'accordait quatre ou cinq heures d'un pénible sommeil, dans une atmosphère de fournaise.

Après quelques jours, on atteignit la steppe, blanche de sel, ou marécageuse. Là, pour la première fois, Marthe et Suzon virent leurs guides faire du feu avec un combustible d'un nouveau genre, le seul existant dans une grande partie de la haute Asie, les *argols*... c'est-à-dire de la bouse de yack.

On mangeait, puis on se remettait en selle, en emportant quelques menues provisions pour tromper la faim pendant la chevauchée suivante, jusqu'au lendemain.

Et toujours se hâtant, on traversa le pays des Torgoutes, peuplade établie dans le défilé de Kabchigué-Gol. Les Torgoutes vivent sous des tentes de feutre, généralement isolées ; et hommes et femmes regardèrent curieusement passer cette rapide cavalcade. Mais les voyageurs étaient trop pressés eux-mêmes pour faire des études ethnographiques ; ils ne remarquèrent donc, ni le caftan bleu, ni le feutre retroussé des hommes, ni la chevelure enduite de colle forte des femmes. M. Lebon se borna à leur dire brièvement que ces nomades professent le bouddhisme, et sont gouvernés par un petit roitelet, vassal de l'empire chinois.

Çà et là, sur les points culminants, se dressaient des *obos*, genre de monument spécial aux pays bouddhistes.

L'obo est une pyramide de pierres, élevée en l'honneur

de Bouddha. Des lamas voyageurs y gravent des inscriptions et on surmonte le tout d'une perche, au sommet de laquelle flottent des étoffes sur lesquelles sont écrites des prières. Chaque passant bouddhiste se croit obligé d'ajouter quelque chose à l'obo, un caillou, un os, voire même une pincée de poils de chameau. Donc, à la longue, les obos deviennent de taille respectable.

Une ville chinoise, Kourla, se trouvait sur le passage de la troupe. On décida prudemment de l'éviter, dans la crainte des tracasseries, ou tout au moins des retards que pourrait susciter l'administration locale. On passa donc au galop, en dehors de la ville, et pendant la nuit.

Puis, ce fut la steppe, le sable, les étangs, et enfin le Tarim, fleuve (si l'on peut l'appeler ainsi) descendu du Pamir, traversant le Turkestan oriental parmi les marécages et les petits lacs, se divisant en ramifications pendant son parcours, et coulant ici paresseusement entre ses rives, pour se perdre dans le Lob-Nor, un des derniers vestiges de la Méditerranée qui, jadis, couvrait de ses vagues le bassin central de l'Asie.

On approchait. Il était temps.

Harassés, surchauffés, n'en pouvant plus, voyant avec effroi la steppe de sel succéder au marécage, les étangs aux étangs, ils voyaient venir le moment où bêtes et gens succomberaient.

Les traces salines devenaient de plus en plus nombreuses. Enfin, après avoir traversé une rivière, le Therchène-Daria, on arriva au village de Lob.

Il était près de midi, la chaleur devenait torride : les voyageurs, à bout de forces, furent reçus cordialement dans les cabanes des misérables habitants de cette triste contrée.

Ces cabanes sont entièrement construites en roseaux mal joints ; l'air, l'humidité, le vent, pénètrent à leur

aise dans ces pauvres huttes, dont les propriétaires en
sont aux premiers rudiments de la civilisation ; ils vivent
de poisson et de canards, les uns et les autres pullulant
dans le lac, et ajoutent à leur ordinaire des jeunes
pousses de roseaux; leur industrie ne va pas au-delà.

Mais peu importait tout cela à Marthe : ces gens si bas
placés dans l'échelle humaine, ces gens avaient vu la
veille l'homme qui possédait le secret de l'existence de
Pierre. Les voyageurs hollandais devaient être campés à
une petite journée de Lob.

Encore quelques heures de chevauchée, et on y serait.

IV

Les voyageurs se remirent en selle dès l'aube ; on eût
dit que les chevaux sentaient l'écurie : ils se lancèrent au
grand galop, excités par leurs cavaliers, frémissants
d'anxiété et de hâte.

Enfin, là-bas, sur la steppe blanche de sel, se dessi-
nèrent des tentes, des chameaux accroupis et des sil-
houettes humaines.

Quelque chose de morne semblait planer sur ce campement. Cependant l'arrivée vertigineuse de cette cavalcade
parut y exciter une certaine émotion. Un homme, un
Européen s'avança au-devant de ces visiteurs inattendus,
et s'aperçut, avec une surprise mêlée de stupéfaction,
que parmi ces visiteurs se trouvaient deux visiteuses.

Des Européennes au Lob-Nor, cela ne se voit pas tous
les jours.

En homme bien élevé il salua respectueusement les
étrangères, et accueillit leurs compagnons avec politesse.

Les voyageurs mirent pied à terre et M. Lebon prit la
parole.

— Monsieur, veuillez excuser cette brusque arrivée
dans votre campement. Nous sommes venus de Paris
pour chercher un renseignement important, que vous
pouvez nous faire obtenir.

— De Paris !... s'exclama le Hollandais avec un éton-
nement qui n'avait rien de joué. De Paris!... Monsieur,
si la chose est en mon pouvoir, je suis à votre service.

— N'avez-vous pas pris à Kouldja un guide Tangoute,
nommé Landzamba ?

La physionomie du Hollandais s'attrista subitement,
et il répondit d'une voix grave et lente :

— C'est vrai ;..... mais ce pauvre homme est mort
subitement il y a quelques heures... une congestion
cérébrale !

Et il entr'ouvrit une tente ; Marthe et ses compagnons
aperçurent un cadavre étendu sur une couverture de
feutre... C'était le Tangoute !

— Avez-vous un médecin ? s'écria le docteur.

— Non !...

— Cet homme n'est peut-être pas mort !...

Et le docteur s'approcha du corps inerte, le palpa,
ouvrit sa cassette, et mit tout en œuvre pour rappeler
la vie.

A genoux, Marthe suppliait et priait : « Qu'il vive, une
heure !... une minute !..... un instant ! » s'écriait-elle.

Mais il était bien mort.

Le Tangoute avait emporté son secret dans la tombe...

— Vous aviez un grand intérêt à voir cet homme,
Madame ? demanda le voyageur Hollandais.

— Monsieur, cet homme savait où se trouve mon
mari !... M. Daur voyageait dans ces contrées, chargé
d'une mission scientifique, et depuis un an, j'étais sans
nouvelles de lui. Un de nos amis qui habite Srinagar,
nous fit savoir qu'un Tangoute, à Kouldja, disait avoir
servi de guide à mon mari, et affirmait posséder le secret
de son séjour actuel, sans vouloir le dire à d'autre qu'à
moi....... Assurément si M. Daur vit, il est prisonnier
quelque part, son existence menacée peut-être ;.... mais,

maintenant, que faire ?... Je suis donc venue jusqu'ici, avec ces amis dévoués !... hélas !... où aller ?...

— Ce Tangoute ne vous aurait-il pas parlé de M. Daur ? demanda le docteur.

— J'ai peu causé avec lui, mais je vais interroger mon secrétaire et mes gens ; nous apprendrons peut-être quelque chose.

— C'est égal ! grommela le docteur à demi-voix ; revenir bredouille après une chasse pareille, c'est raide !

— Si on avait su, on n'aurait pas fait des lieues et des lieues ! ajouta Suzon sur le même ton.

— Ne regrettons rien, dit alors Marthe, nous avons tous accompli notre devoir... et, Dieu aidant, nous l'accomplirons jusqu'au bout !...

— Jusqu'au bout !... mais nous y sommes, au bout, ma chère enfant, que voulez-vous tenter encore ? s'écria le docteur.

Marthe le regarda, de ce regard que le docteur connaissait.

— Je vous répondrai quand nous aurons entendu le secrétaire et les domestiques de Monsieur.

— Je vais les appeler, dit le voyageur hollandais.

Les deux femmes jetèrent un dernier regard de compassion sur la triste dépouille, et tous quittèrent la tente funèbre.

Interrogé par le chef de l'expédition, le jeune secrétaire répondit que Landzamba parlait en effet quelquefois d'un Firangi, nommé Daur, qu'il l'avait conduit l'année précédente au lac de Koukou-Nor, puis dans une mission catholique à Ti-Lou, où ils avaient passé quelques jours. Landzamba n'avait pas voulu le suivre plus loin, les projets de ce voyageur étant contraires à ses idées ; mais il avait promis le secret.

— Toujours la même chose ! s'écria le docteur.

Le Hollandais réfléchissait.

— Ce Tangoute était bouddhiste... de la juridiction du dalaï-lama de Lassa !... Hum !... Madame, je pense que votre mari se sera peut-être ouvert de ses projets à ce missionnaire français, chez lequel il a passé quelques jours. En tout cas, c'est là seulement que vous pouvez, il me semble, avoir des chances de retrouver sa trace.

— Allons au Koukou-Nor ! dit Georges.

— Votre avis me paraît excellent, répliqua M. Lebon. Nous allons rentrer à Kouldja, où nous retrouverons nos équipages, et nous nous réorganiserons pour le Koukou-Nor.

— Rentrer à Kouldja ! dit Marthe ; mais songez-vous au retard ?...

— Ce retard n'est qu'apparent ; et, d'ailleurs, nous n'avons rien de ce qui est nécessaire pour ce nouveau voyage. Là nous retrouverons notre équipement, et le complèterons sans difficulté. De plus, une route assez bonne nous conduira de Kouldja à Khami, route carrossable, au moins jusqu'aux passes du Tian-Chan. Il ne nous reste donc qu'à remercier ces Messieurs et à nous remettre en selle. De Khami nous nous dirigerons vers le lac Koukou-Nor, et de là arriver à Ti-Lou ne sera pas difficile.

— Eh bien ! partons ! dit Marthe d'un ton résigné.

— Heureusement, pensa M. Lebon, que le péril des hauts plateaux est conjuré !

Le docteur se contenta de pousser un gros soupir en enfourchant sa monture ; Suzon était sombre, Georges, silencieux.

— Mes amis, dit alors Marthe, je me vois forcée de vous imposer encore de nouvelles fatigues !... Pas de découragement, je vous en conjure !... Croyez-le, notre persé-

vérance finira par être couronnée de succès !... Confiance !
Dieu nous protège !...

Ces mots si simples produisirent un effet à faire pâlir
de jalousie un général d'armée, haranguant ses troupes
avant la bataille. Les physionomies se transformèrent, le
courage se ranima. Oui, avec Marthe, on irait jusqu'au
bout du monde !

Et on partit avec entrain.

On allait vite, sans atteindre toutefois la folle allure de
la précédente chevauchée...

Les chevaux, les chameaux, et ce qui restait des
moutons de charge, se délectaient depuis un certain
temps à Kouldja, dans un plantureux far-niente. Quant
à Tamerlan, particulièrement confié par Suzon à une
servante du consulat russe, brave Sarte catholique, il
était devenu gros et gras.

Pendant ce très court passage à Kouldja, ces Messieurs
eurent la fantaisie d'entrer dans un restaurant modeste,
le Bouillon Duval de l'endroit, et se firent servir un repas
indigène.

Il y eut d'abord un ragoût de mouton, jugé passable ;
puis on servit de petits poissons sous une sauce blanche.
On les attaqua sans défiance. Cependant, le docteur mit
son lorgnon pour examiner de près ces goujons, qui lui
semblaient étranges.

Il poussa un cri d'horreur :

— Des sangsues !... mes amis !... des sangsues en bécha-
mel. Pouah !...

— Couleur locale ! mon cher, fit M. Lebon qui ne pouvait
s'empêcher de rire. Tenez ! voici qui nous dédommagera
peut-être !

On apportait un buisson... non pas d'écrevisses, et dont
l'aspect était assez singulier.

Le docteur, devenu circonspect, prit délicatement un de ces petits hors-d'œuvre entre le pouce et l'index :

— Des hannetons secs ! s'écria-t-il.

— Un mets très estimé ici, répliqua M. Lebon.

— Eurêka !... s'écria le docteur. Quand j'étais écolier, j'ai appris, puis j'ai enseigné plus tard, que le hanneton est nuisible dans toutes les phases de son existence, et que la science n'est pas encore parvenue à découvrir l'utilité de cet insecte dans l'échelle des êtres créés. — Eh ! bien la voilà, l'utilité !... c'est un comestible !

— Docteur, dit Georges, ne voulez-vous pas en goûter pour mieux constater votre découverte ?

— Mon ami, je constate *de visu*, c'est suffisant. Ah ! le hanneton est un comestible, apprécié des gourmets du centre de l'Asie !

— Ce qui prouve, reprit M. Lebon, qu'on s'instruit en voyageant, et que la cuisine indigène offre des sujets d'étude très dignes d'intérêt.

— En même temps qu'une note de gaieté, répliqua le docteur, ce qui n'est pas inutile, vu le désarroi de la situation. Car, enfin, je commence à croire que notre meilleure chance sera encore de trouver une tombe !... Je connais Pierre, je connais son cœur, ses sentiments ; ce silence qui se perpétue est d'un très mauvais augure. Il eût remué ciel et terre pour donner de ses nouvelles !... Marthe est, je crois, complètement illusionnée. La disparition malencontreuse du tangoute ne l'a pas déconcertée ; elle est convaincue que Dieu exaucera ses désirs ; cette femme a une foi à transporter les montagnes, foi communicative ; quand je l'entends, je suis électrisé, je reprends confiance ; mais lorsque je suis seul, que je réfléchis !... j'en reviens à ce que je disais : trouvons une tombe !... Marthe supportera mieux la certitude de son malheur que cette angoisse et ces doutes !

— Evidemment, remarqua Georges, Madame Daur
mère continue à ne recevoir aucune nouvelle.

— Ce n'est pas douteux, dit M. Lebon. Un télégramme
lancé de Paris à Vernoïé nous arriverait ici avec promp-
titude, par les soins du général. Mais non, il n'y a rien ;
il faut l'avouer, c'est bien alarmant. Car enfin, que peut-il

s'être passé depuis plus d'un an que ce tangoute a vu
M. Daur ?

— Rien de bon assurément, fit le docteur. Mais voici que
la note gaie passe au mode mineur ; n'entonnons pas la
marche funèbre ; après tout, on ne saurait avoir trop de
confiance en la Providence ; prenons modèle sur Marthe
et allons de l'avant.

— J'admire l'énergie de Madame Daur, dit M. Lebon.

— Ah! répliqua le docteur, ce n'est pas parce que Marthe est ma pupille, presque ma fille ; mais elle m'apparaît comme un type du devoir ; femme d'initiative, d'énergie, de volonté, elle est en même temps la chrétienne confiante et résignée. Jamais une plainte !... Et vous la verrez, si, hélas! notre voyage se termine par une cruelle certitude, de son âme broyée tout entière, il ne sortira pas un murmure !

Cette fois encore, il fallut se réorganiser pour un long parcours : tentes, couvertures, provisions de thé, de farine, de graisse de mouton salée, de galettes à la graisse, stock nécessaire pour les jours de disette, lorsque le gibier est réfractaire, et qu'il n'y a pas de mouton de somme disponible.

Du reste, les tarantasses purent être utilisées jusqu'à Barkoul ; on voyageait le jour ; le soir on s'arrêtait dans de misérables maisons de poste, placées sur la route, de distance en distance, lesquelles, pour tout confortable, offraient leurs quatre murs de terre aux voyageurs.

Ils n'entrèrent pas dans cette ville (entourée, comme toujours, de fortifications en terre), afin d'échapper aux questions et aux minuties des tatillons chinois, mais faisant un détour, ils s'engagèrent dans les passes du Thian-Chan.

Nos voyageurs étaient alors à l'extrémité orientale de cette longue chaîne qu'ils avaient déjà traversée pour aller à Vernoïé et au Lob-Nor. Très étroite ici, elle se dresse encore en cimes élevées et neigeuses ; les flancs sont couverts de prairies émaillées de fleurs, puis au-dessus croissent de magnifiques forêts. Le point culminant du col a une altitude de 2,600 mètres. Les pentes sont abruptes des deux côtés ; mais cette fois, le docteur ne céda pas à la tentation d'herboriser.

Les voyageurs songeaient à éviter Khami, comme ils avaient évité Barkoul; hélas! les autorités chinoises étaient informées du passage d'un groupe de *yan-gouil*, diables d'outre-mer (tel est le nom gracieux des Européens) accompagnés de deux femmes; un peloton de soldats vint donc à leur rencontre; ils étaient porteurs d'une invitation à laquelle il était impossible de se refuser.

Et faisant, comme on dit, contre fortune bon cœur, nos amis suivirent les soldats chinois, et firent avec cette escorte, dans la ville de Khami, une entrée qui n'avait rien de triomphal.

Une population mélangée de Chinois, de Dzounganes et de Tarantchis, attirée surtout par la présence des deux Européennes, se pressait autour d'eux, bruyante et houleuse, accourait, s'amassait, si bien que les soldats de l'escorte durent jouer du bâton, ou plutôt de la crosse de leurs fusils.

— Qu'en dites-vous, Georges? murmurait le docteur... ces indigènes nous prennent pour des animaux rares!...

— Et même malfaisants! répliqua Georges. Voyez, quelles physionomies hostiles!

Et hommes et femmes se pressaient de plus en plus; les hommes portaient des cafetans de nuance claire, et une sorte de haute coiffure surmontée d'une houppe. Les femmes étaient vêtues de longues blouses, recouvertes de gilets sans manches. Leurs superbes chevelures tombaient en deux nattes sur les épaules, une seule chez les jeunes filles. Du reste, avec son flair professionnel, M. Lebon, seul, gardait assez de liberté d'esprit pour faire des remarques corroborant ce qu'il savait déjà.

Marthe était silencieuse et paraissait absolument indifférente aux insolences de la foule. Elle subissait avec

résignation un nouveau retard, et ne pensait pas à autre
chose.

Suzon, elle, s'inquiétait pour Tamerlan, pressé par
cette cohue ; aussi, se baissant, elle saisit adroitement son
favori, le hissa sur son cheval et le mit en croupe, sans
se laisser déconcerter par les rires et les huées de la
populace.

Et, de fait, Suzon, le cheval et le mouton ahuri, formaient un ensemble si comique que Marthe ne put retenir un grand éclat de rire.

— Ah ! quel bonheur ! fit Suzon, Madame rit ! Et pourtant ce n'est pas drôle, cette bousculade de païens !

— Suzon, dit Marthe chez laquelle la charité chrétienne
ne perdait jamais ses droits, je t'ai déjà répété que ces
pauvres gens méritent notre compassion et non nos
mépris.

Enfin, on arriva dans la cour du palais du tchin-tsaï,
le général gouverneur de la ville ; la populace resta au
dehors, les voyageurs furent invités à mettre pied à
terre, et à entrer chez ce haut personnage qui désirait les
entretenir.

— Il faut lui faire des cadeaux, souffla M. Lebon à
l'oreille de Georges.

Le tchin-tsaï les reçut poliment, avec une nuance de
curiosité. Il s'informa du but de leur voyage, et demanda
s'ils avaient une autorisation officielle.

M. Lebon, plus rompu que ses compagnons aux usages
de la chancellerie chinoise, se chargea des réponses.

Ils étaient porteurs des plus chaudes recommandations
du gouvernement français, ami du Fils du Ciel ; ils en
avaient également du gouvernement anglais et du gouvernement russe, tous amis du Céleste Empire. Ils ne
voyageaient pas dans un but politique, commercial,
scientifique, pouvant déplaire à l'Empereur de Chine ; ils

accompagnaient simplement une dame française dont le mari avait disparu dans l'Asie centrale, on ne savait au juste où, et qui voyageait à sa recherche. Enfin, la preuve que l'on n'avait rien à craindre de leurs intentions, c'est que les autorités de Kouldja leur avaient donné une passe, avec recommandation de faciliter l'accomplissement de leur voyage.

— Le préfet de Kouldja est libre d'agir comme il l'entend dans l'étendue de son territoire, répliqua le gouverneur. Ses pouvoirs expirent aux limites de la Dzoungarie. Ici, je suis seul responsable, vis-à-vis de celui qui siège au-dessous du ciel. Et je réponds sur ma tête de la sécurité de la contrée que vous voulez traverser.

Alors M. Lebon s'évertua à lui démontrer que cette sécurité n'était nullement compromise ; qu'ils n'étaient ni Russes, ni Anglais. Le tchin-tsaï ne pouvait manquer de savoir que la France, une puissante nation de l'Occident, aussi forte que généreuse, ne nourrissait aucun projet contre le grand et redoutable Empire du Milieu, et entretenait avec son gouvernement les relations les plus amicales.

— J'y réfléchirai, répondit le gouverneur. En attendant, on va vous servir un repas. Vous devez être très fatigués et affamés.

Et, laissant là les voyageurs, il rentra dans ses appartements particuliers.

Ils se regardèrent.

— Pourvu que ce personnage ne juge pas à propos d'en référer à Pékin ! fit Georges.

— Quel retard ! s'écria douloureusement Marthe.

— J'espère encore qu'il nous laissera passer après quelques tracasseries, dit M. Lebon.

Cependant, des serviteurs chinois entrèrent, apportant de petites tables carrées, pouvant réunir chacune quatre

convives et couvertes d'un grand nombre de mets à la
mode chinoise ; la vaisselle était assortie aux procédés
culinaires ; et nos amis, obligés par politesse de faire
honneur à ce repas, durent pour la première fois de leur
vie, user des petits bâtonnets, remplaçant nos fourchettes
et nos cuillers.

M. Lebon, seul, avait eu déjà l'occasion de s'en servir,
et il donna une leçon à ses associés, leçon de choses
que les élèves s'appliquèrent, avec insuccès, à mettre en
pratique.

Tous suaient, soufflaient, accumulaient maladresse sur
maladresse, et garnissaient fort peu leurs estomacs, ce
qui, d'ailleurs, préserva probablement ces derniers d'une
catastrophe, car l'étiquette exigeait qu'on goûtât des
cinquante mets, en commençant par le dessert, et en
terminant par le potage, représenté par du riz bouilli.
Puis, une eau-de-vie de riz fit faire une grimace accen-
tuée, à Marthe surtout.

Lorsque ce laborieux repas fut terminé, le tchin-tsaï
reparut. Il était tout souriant.

— Je vous autorise à poursuivre votre route jusqu'à
Sat-Cheou, à la condition que vous me promettrez d'entrer
dans cette ville, et de solliciter des autorités locales la
permission de continuer votre route.

On s'empressa de souscrire à cette condition, quoiqu'il y eût lieu de craindre de plus graves difficultés
à Sat-Cheou. Mais à nouveau mal, nouveau remède.
D'ailleurs, la sagesse conseille de se soumettre à ce qu'on
ne peut empêcher.

Alors le gouverneur leur rendit la liberté, en répétant
d'un air affable : *I-lou-fou-sing*. Que l'étoile du bonheur
vous accompagne !

On lui offrit une une paire de revolvers, et on prit congé
avec force politesses, en phraséologie chinoise.

Cette fois, tous les agents de police avaient été réqui-
sitionnés; et, à grand renfort de coups de bâton, ils par-
vinrent à écarter la multitude, et à frayer un passage à
la caravane.

Enfin, on se retrouva en rase campagne, en se félici-
tant de la liberté reconquise.

L'oasis de Khami a de quinze à vingt kilomètres d'étendue. Ces îles de verdure et de végétation sont semées
dans l'océan de sable, de sel et de stérilité qui a remplacé la Méditerranée de l'Asie centrale. Les torrents qui
descendent des montagnes, entraînent de la terre végétale ; on creuse des canaux pour étendre ces eaux fertili-
santes, et, absorbées par le sol, elles ne sortent pas de
l'oasis. Là, se trouvent des céréales, des légumes, des
fruits. Puis après avoir traversé ces quelques kilomètres
verdoyants, on retombe dans le désert avec toute sa
nudité.

Donc, la caravane ne tarda pas à sortir de la région
habitable, pour faire de longues étapes, sous un ciel de
feu, et sur un sol de sable embrasé, où rien, à perte de
vue, ne reposait le regard.

Pas un brin d'herbe, pas d'animaux, pas même d'in-
sectes, dans ce désert qui s'étend entre les chaînes du
Thian-Chan au nord, et du Nan-Chan au sud, et se lie au
Gobi central à l'est, et au Lob-Nor à l'ouest.

La température était si surchauffée qu'on dut renoncer
à voyager pendant les heures brûlantes du jour. On
marchait la nuit. Et quand les rayons solaires devenaient
intolérables, on campait et on tâchait de dormir.

Dans toutes ces régions, il s'élève de fréquents orages ;
et, lorsque nos voyageurs furent arrivés à peu près au
centre du désert, un de ces ouragans les assaillit à l'im-
proviste.

L'atmosphère devint jaune, le vent souleva un nuage

épais de sable et de sel qui les aveugla, en leur remplissant la bouche, puis la nuit se fit, complète.

Etouffés au milieu de ces ténèbres épaisses, projetés çà et là par la violence de la tempête, ne s'entendant pas les uns les autres, inondés de sueur sous les efforts de la lutte et sous la chaleur surélevée de l'atmosphère, ils passèrent plusieurs heures vraiment critiques.

Enfin, la pluie succéda à cette tourmente ; et, dès que l'accalmie les laissa maîtres de leurs mouvements, les voyageurs dressèrent les tentes, pour y chercher un refuge contre les torrents d'eau qui abaissèrent la température en calmant la surexcitation nerveuse causée par l'extrême sécheresse de l'air, et la réverbération d'un sol embrasé.

Puis ce fut encore le désert ; mais quelques plantes salines en trompaient l'affreuse nudité. C'était d'abord le *saksaoul*, arbrisseau spécial à l'Asie centrale, aux branches dénudées, en forme de buisson, haut parfois de trois ou quatre mètres, mais ne donnant pas un pouce d'ombre. Si elle n'est pas attrayante, cette plante saline est précieuse, et offre, dit-on, le meilleur des combustibles, égalant le charbon de terre en puissance calorique ; de plus les chameaux s'en nourrissent.

On trouve encore dans le désert une graminée appelée *dyrissoun* par les Mongols, laquelle croît jusqu'à 4,000 mètres d'altitude. L'aspect grisâtre de cette plante n'a rien d'agréable. Chaque pied s'entoure d'une sorte de petite butte de terre, et jette au printemps des rejetons qui remplacent le tronc de l'année précédente. On pourrait donc se croire dans une forêt de taupinières, surmontées de branchages.

Or cette plante est d'une incontestable utilité. Les animaux s'en régalent ; avec la tige, les Chinois fabriquent des chapeaux et les Khirguiz tressent des nattes ; de plus, elle fournit encore du chauffage.

Enfin, après avoir marché dans la solitude absolue pendant une dizaine de jours, au moment où ils s'apprêtaient à camper, un nuage de poussière s'éleva à l'horizon ; puis, ce nuage approchant, on distingua des chameaux, des mulets, des chevaux et un grand nombre de personnages. M. Lebon, après avoir braqué sa lunette sur ces arrivants, déclara que c'était une caravane de lamas.

Il ne se trompait pas.

On distingua bientôt leur costume rouge et jaune, couleurs lamaïques, couleurs sacrées des bouddhistes.

Cette multitude d'hommes et d'animaux s'arrêta auprès du puits qui avait déjà attiré nos voyageurs, les tentes se dressèrent, et on vit sortir d'une litière, un homme, blême et amaigri, qui paraissait se soutenir à peine, et auquel on rendait les plus grands honneurs.

Cet homme, appuyé sur deux lamas, se rendit péniblement sous une tente bariolée de rouge et de jaune, élevée au milieu du campement. Toute sa suite se prosterna sur son passage, et nos voyageurs regardaient cette scène de tous leurs yeux.

— C'est un bouddha vivant, dit Georges ; le pauvre dieu paraît bien malade.

— Très malade, en effet, remarqua le docteur qui le considérait avec un intérêt professionnel.

Georges étant le plus habile en langue thibétaine, interrogea un lama qui puisait de l'eau.

On apprit que ce bouddha vivant était le supérieur d'une lamaserie du pays des Torgoutes, lamaserie qu'ils avaient entrevue à leur droite, pendant cette course précipitée qui devait aboutir à un cadavre.

Il revenait des confins du Thibet oriental, et avait visité la célèbre lamaserie de Gounboum ; déjà souffrant

7

quand il s'était mis en route pour revenir, le mal empirait de jour en jour.

— A-t-il un médecin? demanda le docteur toujours hanté par des préoccupations professionnelles.

— Oh! oui, répliqua le lama. Il est soigné par un lama de nos contrées versé dans l'art de guérir; quoiqu'il ne soit pas élève de la faculté de Gounboum, il n'en sait pas moins par cœur les quatre cent quarante maladies du corps humain.

— Cela prouve en sa faveur, répliqua le docteur. Je suis un médecin des pays occidentaux, et dans nos contrées, lorsqu'un malade est en péril, celui qui le traite demande à des confrères le secours de leurs lumières. Aussi, malgré la science de cet habile lama, peut-être serait-il bien aise d'avoir l'avis d'un autre praticien.

— Le voici qui arrive de ce côté, répliqua le lama, tu pourras lui parler.

Le docteur Torgoute venait d'apprendre qu'une petite caravane d'hommes, nés sous le ciel d'Occident, était installée dans cette partie du désert. Il s'avança.

— Frères, dit-il, j'apprends que vous venez des pays lointains de l'Occident. Sous tous les cieux, les hommes sont frères; ce puits pourra, sans dispute, désaltérer nos animaux et les vôtres.

— Assurément, répondirent d'une voix unanime les hommes du ciel d'Occident.

— Votre grand lama est bien malade? fit le docteur.

— Son mal dure depuis deux mois; aucun remède n'a été négligé. Notre science nous enseigne les qualités bienfaisantes des plantes qui, seules, ont été placées par la divinité sur la terre pour la guérison des quatre cent quarante maladies du corps humain.

— Les simples, répliqua le docteur, offrent, en effet, de précieuses ressources à notre art, mais il en est d'autres...

— Nous recourons exclusivement aux plantes, interrompit le lama ; et j'ai appliqué ces remèdes bienfaisants avec une telle libéralité que j'en suis absolument dépourvu aujourd'hui.

— Comment fais-tu alors ?

— Quand le remède nous manque, nous écrivons son nom sur du papier que l'on roule en pilules. Avaler le remède, ou avaler son nom, c'est la même chose.

— Sous le ciel d'Occident nous n'agissons pas de la sorte. Quand un médicament fait défaut, ce qui est rare, nous en donnons un autre, aussi analogue que possible au premier.

— La science vient de l'Occident, répondit le lama médecin, en saisissant avec dextérité sur sa manche un parasite que nous préférons ne pas nommer, et le jetant au loin, sans le tuer.

Il y eut un mouvement général de recul ; Suzon ne put retenir un cri.

— L'homme le plus saint, reprit gravement le lama, commet chaque jour assez de meurtres involontaires, pour ne s'en permettre aucun de propos délibéré.

Et, d'un air fort satisfait de lui-même, le médecin asiatique se retira à pas lents.

— Cela ne prend pas, fit Georges.

— Il est clair qu'il ne se soucie pas d'une consultation, ajouta Marthe.

— Dommage ! fit le docteur... une décomposition du sang !... Pauvre homme ! les boulettes de papier ne le sauveront pas.

Elles le sauvèrent si peu, en effet, que le malade mourut pendant la nuit.

Le lendemain, le docteur crut, en sa qualité de confrère, devoir offrir au lama médecin ses compliments de condoléance ; perdre un malade, n'est-ce pas fâcheux partout ?

— Oh ! répliqua celui-ci d'un ton dégagé, le malheur
n'est pas bien grand. Notre bouddha vivant vient simplement d'opérer sa 268ᵉ transmigration, et il n'est pas
mort ; c'est un simple changement d'enveloppe ; il revit
maintenant dans le corps d'un enfant nouveau-né, qui
viendra parmi nous lorsqu'on l'aura découvert, ce qui
ne tardera pas.

Là-dessus, le docteur lama prit congé.

Et, de fait, la mort de ce bouddha vivant paraissait
affecter fort médiocrement la multitude de ses adorateurs.

Les voyageurs n'avaient ni le temps, ni le désir de
rester davantage, ils se mirent en route pour l'oasis de
Sat-Cheou qui verdoyait au loin, et laissèrent les lamas
organiser les obsèques.

La conversation s'engagea sur cette aventure, et
Georges, l'orientaliste, entra dans quelques détails, con-
cernant la fameuse lamaserie de Gounboum, visitée
autrefois par le Père Huc, qui y fit même un séjour assez
prolongé.

C'est la plus célèbre entre toutes les lamaseries bouddhistes. De nombreux élèves y suivent les cours de quatre
facultés, enseignement basé uniquement sur la mémoire,
puisqu'il suffit de réciter par cœur les formules contenues
dans certains livres, pour obtenir ce baccalauréat spécial
à la Haute-Asie.

Et il faut remarquer ici que le titre de lama n'appartient en réalité qu'aux gradés ; les autres, ceux qui n'ont
aucun diplôme, sont simplement bonzes, quoique les
Européens ne fassent pas cette distinction, dont nous ne
nous occuperons pas non plus.

On comprend que la science médicale, ainsi étudiée,
soit une sorte d'empirisme. Cependant, il ne faudrait pas
absolument la mépriser ; et l'expérience, la tradition,

peuvent fort bien avoir enseigné aux docteurs thibétains certaines recettes inconnues dans nos savantissimes facultés européennes.

— Eh ! je ne dis pas le contraire ! s'écria le docteur avec une certaine impatience. Je ne demande qu'à conférer avec mes confrères asiatiques !...

— Ces lamaseries ont quelques rapports avec les monastères chrétiens ? demanda Marthe.

— Extérieurement, oui, répliqua Georges. Les lamas y sont réunis nominalement sous une même discipline, et certaines cérémonies de leur culte paraissent empruntées, sous quelques rapports, au culte catholique. Un observateur superficiel peut en tirer des déductions qui ne résistent pas à un examen sérieux. Les missionnaires se sont occupés de ces rapprochements singuliers, de cette contrefaçon, et ils sont plus compétents que moi dans cette question ; leurs écrits peuvent être étudiés par les personnes qui désirent l'approfondir. Je me bornerai à dire qu'il y a lieu de croire que ce sont peut-être, en partie, du moins, les vestiges d'une croyance chrétienne, oubliée aujourd'hui dans ces contrées, qui auraient été évangélisées dans des temps reculés.

— Je me demande, dit le docteur, comment ils s'y prennent pour découvrir le nouveau bouddha.

— Les bouddhistes thibétains croient à des incarnations multiples et successives de leur dieu Bouddha. Ces idoles vivantes sont donc fort nombreuses, mais il y a divers degrés dans leur puissance. Le premier de tous est le dalaï-lama de Lassa. Celui-ci est le chef de la religion bouddhique. Quatre ou cinq autres bouddhas vivants occupent un rang très élevé. Je vous citerai le Guison-Tamba, au Grand-Kouren, le Tchang-Kia-Fo, à la cour de Pékin, le Sa-Dcha-Fo, dans le pays des Tsamba, c'est-à-dire au pied du versant nord de l'Himalaya. Ce dernier est chargé de faire tomber perpétuellement de la neige sur les cimes de cette chaîne de montagnes, et, dit-on, doit rester en prière jour et nuit à cette intention. Il faut savoir qu'une vieille tradition enseigne que, lorsque la neige fondra sur l'Himalaya, une invasion barbare franchira les monts, massacrera les Thibétains, et se rendra maîtresse de la contrée. Enfin, citons encore le supérieur du monastère de Trachi-Cambo (comble du bonheur), dans la province de Tsang ; il est considéré presque comme l'égal du dalaï-lama, car, d'après les bouddhistes, si ce dernier est l'incarnation de l'esprit de Bouddha, le supérieur du « Comble du bonheur » serait l'incarnation de son cœur. Le reste de ces personnages est subalterne, quoique recevant toujours les adorations de la multitude. Lorsque l'un d'eux meurt, on cherche l'enfant dans lequel son esprit s'est ré-incarné ; nos missionnaires, mieux que moi, pourraient vous renseigner sur les procédés employés par les lamas ; et lorsque le *Chaberon* est découvert, par les soins de ces derniers... (à ce qu'ils prétendent, du moins)...

— Pardonnez-moi de vous interrompre, dit M. Lebon ; voici un détail : plusieurs enfants sont présentés aux lamas qui désignent celui qu'ils croient ou prétendent être le Bouddha recherché. Alors, cet enfant est emporté à la lamaserie ; on le pose sur l'autel, et il reçoit l'encens et les adorations du peuple. Le pauvret ne peut plus ni rire, ni jouer, ni avoir des petits camarades. Sa vie se passe, assis dans l'immobilité, véritable idole vivante, comme vous le disiez tout à l'heure, pendant qu'on se prosterne, qu'on le prie et qu'on l'encense.

— Je redis ce que vous nous faisiez remarquer au début de notre voyage, dit Marthe, à quelles aberrations peut se porter l'esprit humain, en dehors de la vérité religieuse !...

— Vivat ! s'écria le docteur, voici de la verdure, des ombrages !... nous allons respirer un peu !...

La petite caravane arrivait effectivement dans l'oasis de Sat-Cheou, dont le riant aspect forme un heureux contraste avec la sécheresse et la brûlante aridité du désert, tandis qu'à l'horizon les monts Nan-Chan achèvent le tableau, en dressant fièrement leurs cimes glacées. Les *fanzas*, (lisez les maisonnettes,) à demi enfouies sous les saules, les ormes et les peupliers, sont entourées de champs productifs, et de jardins dans lesquels mûrissent des fruits succulents. Quelle joie pour le pauvre voyageur, aveuglé par la réverbération des sables, rôti par un soleil implacable, de reposer ses regards sur une campagne verdoyante, de cheminer sous de frais ombrages, et de pouvoir porter à ses lèvres des fruits rafraîchissants ! pommes, poires, abricots !!!

Cette flore quasi française était animée par des essaims de moineaux, effrontés sous toutes les latitudes, picorant et poussant de joyeux cris, car la provende était bonne.

Puis un vol d'hirondelles fit monter les larmes aux yeux de Suzon.

Les hirondelles !!

Et Suzon se revit, aux jours de son enfance, alors qu'on guettait, à la ferme, le retour de ces sympathiques messagères du printemps.

Suzon était inculte ; elle ignorait toutes choses. Mais la brave fille était douée d'un sentiment inné de poésie rustique, peut-être de meilleur aloi que celle qui se dégage de certaines rimes échevelées, servies en pâture aux lecteurs de notre fin de siècle.

Le docteur regrettait parfois que Suzon ne sût pas écrire. Il affirmait que ses impressions de voyage auraient une saveur originale qui pourrait fort bien les rendre supérieures aux innombrables relations qui s'étalent aux

vitrines de tous les libraires. Bien entendu, la respon-
sabilité de cette assertion était laissée tout entière au
docteur.

Cependant, la poésie de Suzon avait un caractère
essentiellement fugitif. En réalité, elle était surtout la
femme pratique, type plus précieux, en voyage, que
celui de la femme auteur.

Enfin, on entra à Sat-Cheou, la tête haute, comme des
gens qui n'ont rien à se reprocher, et, par suite, rien à
craindre.

Fort heureusement, l'arrivée des diables d'Occident
n'avait pas été annoncée ; la population ne put donc se
grouper autour d'eux aussi nombreuse qu'à Khami,
chacun étant à ses affaires. Cependant, cette ville, aux
rues étroites et sales, comme la majorité des villes
chinoises, n'est pas très étendue, la renommée aux cent
voix y court comme ailleurs, et la foule commençait à
devenir considérable, lorsqu'on arriva devant la préfec-
ture.

Là, ils furent reçus assez froidement ; on leur
déclara qu'on allait réfléchir pendant huit jours, et
qu'après on verrait.

Nos amis se regardèrent comme à Khami.

Sur ce, M. Lebon prit la parole, et d'un ton assuré, il
dit au préfet :

— Je ne puis comprendre comment, après nous avoir
donné l'autorisation de venir jusqu'ici, autorisation
émanant d'autorités supérieures, un chef subalterne
peut être en droit de nous arrêter. Si vous avez des
ordres, montrez-les, sinon nous partirons sans votre avis.
Nous sommes des voyageurs inoffensifs, nous avons un
intérêt majeur à nous hâter ; le gouvernement français
nous recommande chaudement à votre bienveillance ; de
quel droit prétendez-vous nous arrêter ?...

Et, se conformant à l'attitude de leur chef de file, tous prirent un air résolu, qui semblait dire : Nous passerons !

— Que voulez-vous ? répliqua le préfet d'un air perplexe...... je suis responsable... ma tête est en jeu... je réponds sur ma vie de la sécurité des Etats de notre puissant maître, celui qui siège dessous le ciel !

Et tous de s'évertuer à lui démontrer que les Etats de celui qui siège dessous le ciel ne couraient aucun risque.

Le préfet ne répondait pas ; il marmottait entre ses dents : *Siao-Sin !... Siao-Sin !...*

— Que dit-il ? demanda en français le docteur à M. Lebon.

— Il répète : *Siao-Sin !* ce qui signifie en chinois : Rapetisse ton cœur !... expression usitée dans les cas embarrassants.

— Ah !... chez nous, dans les moments critiques, on fait effort pour élever son courage à la hauteur des circonstances ; ici, paraît-il, on juge prudent de se diminuer !

— Que voulez-vous ? Il s'agit, selon la manière chinoise, de *conserver la face !*

— Pauvre homme !... qu'il la conserve !... mais qu'il nous laisse partir !

Les heures s'écoulaient ; nos gens ne cédaient pas, et le préfet finit par dire :

— Puisque vous êtes réellement des *Fou-Lang-Saï,* (Français,) sans aucune intention mauvaise, et puisque vous tenez absolument à partir, je vais vous donner une escorte de soldats qui vous accompagnera jusqu'aux limites de la province de Sinin. De la sorte, je n'aurai pas votre mort sur la conscience ; car le voyage que vous voulez entreprendre est très périlleux, vous ne pouvez partir sans défenseurs.

— Nous vous remercions de l'intérêt que vous nous portez ; mais nous sommes bien armés, suffisamment nombreux, et l'escorte que vous nous offrez est inutile ; souffrez que nous la refusions !

— Je ne puis accéder à cette demande ; si vous périssiez en chemin, on me reprocherait d'avoir négligé le soin de votre sûreté... ma tête est en jeu !...

Il fallut donc se résigner à subir l'escorte, pour conserver la face du préfet.

En réalité les Fou-Lang-Saï étaient prisonniers, ou du moins sous la haute surveillance de la police.

Une douzaine de soldats chinois furent attachés aux flancs de la caravane ; et on ne pourrait désormais dévier, ni à droite, ni à gauche, à peu près (sauf les chaînes) comme ces convois de condamnés qu'un garde chiourme maintient dans le devoir.

Suzon était peut-être la personne la plus vexée de la bande. Elle passa une laisse autour du cou de Tamerlan ; et, droite, raide, les lèvres pincées, elle n'honora pas d'un regard, les cavaliers de celui qui siège dessous le ciel, et qui avait peur de Marthe et de Suzon.

La précaution de la laisse avait peut-être du bon, car Tamerlan paraissait le plus appétissant des moutons de somme ; cela s'explique : le favori était exonéré de toute charge, un vrai chien de boudoir ! et tandis que ses camarades soufflaient sous le faix, lui, comme le quatrième officier de Malbrough, ne portait rien. Aussi quel air de prospérité !... et quels bons gigots !...

Suzon ne pouvait savoir si les soldats chinois étaient gens suffisamment scrupuleux à l'égard des diables occidentaux, et elle se conformait à ce vieil adage : la prudence est mère de la sûreté.

Mandarins et Lumas.

Marthe, toujours bienveillante, reprenait Suzon de son dédain pour les soldats à face jaune :

— Ils font leur service, disait-elle ; et assurément ils préféreraient être tranquilles à Sat-Cheou. Pauvres gens !...

D'ailleurs (était-ce dû à la présence de l'escorte?), aucun incident ne vint troubler ou égayer le voyage monotone, à travers les monts Nan-Chan, d'abord, puis, dans des régions presque inconnues, jusqu'au lac Koukou-Nor.

Le Nan-Chan est encore une chaîne de l'Asie centrale, à peine connue jusqu'à ces derniers temps. Le voyageur Préjvalsky l'a explorée et a donné les noms de Humbolt et de Ritter à deux chaînons découverts par lui. L'aspect général de ces montagnes est sauvage, abrupt, dénudé ; elles sont coupées de gorges étroites et profondes. Les pics les plus élevés sont vénérés par les Tangoutes comme sacrés, et portent le nom d'*Amné*.

Cette multitude de chaînes et de chaînons que l'on explore de plus en plus, se rattachent toujours à l'immense massif de l'Asie centrale.

Le Koukou-Nor appelé aussi *mer Bleue*, à cause de la teinte splendide de ses eaux salées, sujettes au flux et reflux, forme un ovale, entouré d'un admirable cadre de cimes neigeuses ; et là, comme cela était déjà arrivé ailleurs, nos amis oublièrent momentanément tout, jusqu'à leur escorte, dans la contemplation de l'œuvre du Créateur.

On dressa les tentes au bord de cette mer, dont les plages solitaires échappent encore à la fashion, aux plaisirs bruyants, aux assauts du luxe et aux ébats des oisifs.

Le Koukou-Nor est séparé de sa ceinture majestueuse et escarpée, par une zone plate et prodigieusement fertile ; les hautes herbes fourmillent d'animaux divers ;

on y trouve l'âne sauvage, *djan*, bel animal aux jambes fines, aux yeux vifs, à la robe claire ; des antilopes, des lièvres ; le gibier à plumes y est représenté par une multitude d'alouettes, dont, dès le premier soir, de magnifiques brochettes composèrent le souper de toute la caravane.

C'était encore la belle saison ; et on ne se serait pas douté, en voyant déferler ces belles vagues d'un bleu méditerranéen que, depuis le mois de novembre jusqu'en mars, le Koukou-Nor est couvert d'une épaisse couche de glace qui permet de le traverser à pied sec. On peut alors communiquer avec une lamaserie, située sur une île au milieu du lac. L'été, les lamas sont livrés à leurs propres ressources, car jamais, de mémoire d'homme, barque n'a sillonné les eaux solitaires de la mer Bleue.

Les Mongols paissent leurs troupeaux dans les plantureuses prairies de la région ; mais ces pauvres gens n'y vivent pas paisiblement, car ils ne cessent d'être exposés aux brigandages des Kara-Tangoutes, ou Tangoutes noirs, qui désolent la contrée.

Ces Tangoutes professent le bouddhisme, mais ils ont une idole particulière protectrice du brigandage ; et d'aucuns disent que c'est celle qui a le plus de dévots parmi eux. Du reste, quand ces pieux brigands ont massacré leurs semblables, ils s'accommodent avec leur conscience, en rejetant dans le lac Koukou-Nor des poissons qui viennent d'être pêchés. D'après eux, ils effacent le meurtre en rendant la vie à d'autres êtres.

Après avoir longé les rives herbeuses du lac, et réparé les forces des animaux par une succulente nourriture, les voyageurs arrivèrent dans la petite ville de Tang-Keou-Eul, sise près de Sinin, cité commerçante et cosmopolite, peu agréable pour les gens paisibles, à cause de l'humeur violente et batailleuse de ses habitants. Le genre étant de paraître terrible, les gommeux du pays portent un large sabre en travers sur la poitrine, leurs cheveux sont épais, leurs habits en désordre ; malgré les rigueurs de l'hiver dans ce climat, ils se couvrent à peine, gardant les bras nus..... car la distinction exige qu'on soit un bon brave, ne craignant pas plus les éléments que les hommes. Les rues sont pleines de gens qui crient, se bousculent et se battent, échangeant à tout propos la pire injure : *Œuf de tortue !*

Aussi, dès le premier jour, Suzon déclara qu'elle en avait assez d'une ville dont elle n'arriverait jamais à prononcer le nom, et où l'on ne pouvait circuler sans risquer de recevoir des horions qui se trompaient d'adresse. D'ailleurs, Khami et Sat-Cheou étaient des bijoux de propreté auprès de cette cité infecte, à en donner des soulèvements de cœur, où les carrefours sont encombrés de malheureux impotents, de misérables malades, et même de cadavres abandonnés sur le sol jusqu'à ce qu'ils entrent en putréfaction.

Toutefois, on avait l'avantage de se trouver délivré de l'escorte chinoise, et les voyageurs négligèrent sciemment de se présenter aux autorités de Tang-Keou-Eul, tout occupées d'une grave querelle entre les Tangoutes et les Houng-Mao-Eul ou longues chevelures, querelle dont les proportions inusitées menaçaient de mettre la ville à feu et à sang.

Ils s'échappèrent subrepticement, à la faveur du tumulte, et sans autres guides que leurs conducteurs de chameaux, lesquels n'avaient jamais dépassé le Koukou-Nor. Il y avait une certaine audace à se lancer ainsi dans l'inconnu.

Mais, avec une carte de Préjvalski, et en marchant vers le sud-ouest, ils espéraient atteindre la chrétienté de Ti-Lou, peu éloignée d'ailleurs de Tang-Keou-Eul.

V

Un soir, les voyageurs campèrent auprès de quelques
yourtes habitées par des Mongols et s'informèrent de
Ti-Lou.

A cette question, la consternation couvrit les visages
des hommes, ils se regardèrent sans répondre.

— Nous sommes des chrétiens du ciel d'Occident, dit
Marthe, et nous désirons prier avec nos frères de
l'Orient.

— Puisque vous êtes de la religion du Seigneur du
Ciel, dit alors le plus ancien de la famille, nous sommes
vos frères, car nous étions de la chrétienté de Ti-Lou.

L'inquiétude saisit nos voyageurs.

— Qu'est-il arrivé ?

— Ah ! de grands maux ! répliqua le vieillard. L'éta-
blissement a été détruit, incendié par les Tangoutes
noirs, nous sommes tous ruinés, et le Père spirituel a été
chassé.

— Oui, dit alors en versant des larmes une femme qui
s'était approchée ; il y a eu une grande sécheresse l'an
dernier, toutes les récoltes ont péri, et les Tangoutes
noirs ont répandu le bruit que le lama du ciel d'Occident
avait attiré ces maux sur la contrée... Alors, ils ont saisi

ce prétexte pour piller la chrétienté qui n'est plus qu'une ruine.

— Et le missionnaire? demanda Marthe qui croyait voir encore une fois l'effondrement de ses espérances.

— Oh! il n'a pas eu le courage de nous abandonner; il est caché dans le pays, et vient de temps en temps ici; nous l'attendons demain, il y a un baptême à faire.

Et le vieillard entr'ouvrit mystérieusement la porte d'une tente, au fond de laquelle on distinguait un bien pauvre autel.

Ensuite, il reprit la parole :

— Nous sommes visités par le malheur, mais le jour qui vous amène est un jour heureux. Les hommes de l'Occident sont bons, ils possèdent la vraie lumière. Nobles frères, entrez sous ma tente, et acceptez notre repas. C'est celui du pauvre ; nous ne pouvons recevoir comme il le faudrait des hôtes aussi illustres.

— Frère, répondit M. Lebon, nous acceptons avec bonheur ton invitation ; les chrétiens de tous les cieux aiment à s'asseoir ensemble au même festin.

Alors toute la famille se mit à l'œuvre ; le père choisit un mouton gras dans le troupeau, le sacrifia séance tenante, et ses quatre membres furent plongés dans une immense marmite, sans oublier la queue. Car la queue est ici le morceau de choix.

D'ailleurs, il y a queue et queue : celle de ces moutons pèse quatre kilogrammes, et se compose presque absolument de graisse ; ce qui, selon le goût du pays, est le *nec plus ultra* de la friandise.

Les femmes s'empressaient à préparer du beurre frais, du laitage, et la simplicité de cette scène presque biblique parut délicieuse à tous les voyageurs, Suzon comprise.

Une vieille, l'aïeule, sans doute, s'était chargée des

préparatifs du thé, et la grande chaudière ne tarda pas à frémir sur un feu d'argols.

Le thé fut alors précipité dans l'eau en ébullition, et la cuisinière asiatique le laissa bouillir, jusqu'à ce que le liquide fût devenu noirâtre ; alors elle y jeta du sel ; puis, voulant préparer pour les illustres hôtes, un mets distingué, elle pétrit dans ce liquide brûlant, du beurre rance, des morceaux de fromage, de la viande pilée et de la farine d'orge grillée, elle roula enfin le tout en boulettes, destinées à accompagner le bouilli de mouton.

Les mains de la bonne vieille n'avaient évidemment jamais lié connaissance avec le savon, pas plus que ses cheveux avec la brosse, ou son visage avec l'eau claire des sources ; et lorsque le pétrissage fut terminé, il parut à Marthe que les mains de la pâtissière avaient gagné en netteté ; elle se promit pourtant de vaincre sa répugnance et de faire honneur à ces préparatifs.

Les efforts du missionnaire n'avaient pu encore vaincre toutes les habitudes de malpropreté si invétérées dans ces régions ; et quoiqu'il y eût quelques légers progrès, tout au moins de la bonne volonté, il trouvait encore chez ses ouailles l'occasion de maint sacrifice.

Entre temps, la conversation s'engagea entre l'Asiatique et l'Européenne.

— N'est-il pas venu un homme du ciel d'Occident dans la mission de Ti-Lou, il y a près de deux ans ? demanda Marthe.

— Il est venu un voyageur, acccompagné d'un Tangoute. Ce voyageur était né dans les mêmes contrées que le Père spirituel, et il a demeuré plusieurs jours dans sa maison.

— Sais-tu où il est allé ensuite ?

— Il est parti dans la direction du sud, avec deux Chinois qu'il avait loués à Sinin, car le Tangoute est retourné vers le nord. Le Père sait peut-être où il est allé ; pour nous, on ne nous en a rien dit. Je sais seulement que cet étranger a laissé au Père une lettre pour la faire parvenir dans son pays.

— Lettre qui s'est perdue, alors ! pensa Marthe qui ne jugea pas à propos de se confier à la vieille.

Enfin, le lendemain, on saurait peut-être quelque chose !

Cependant le mouton bouilli fut servi sur une petite table oblongue, sans nappe, sans assiettes, et à plus forte raison sans serviettes ; chacun s'escrima devant soi, avec ses doigts et son couteau ; la queue fut partagée entre tous les convives, et mangée avec une satisfaction évidente, par ces braves gens qui essuyaient leurs doigts, inondés de graisse, sur le devant de leurs robes de peau de mouton.

Marthe et ses compagnons se firent violence, afin en ne pas contrister leurs hôtes, et vinrent tous à bout de la tranche de superbe et blanche graisse, d'abord, des boulettes ensuite.

Dire la surprise et la joie du missionnaire français, en trouvant un groupe de compatriotes, dans ce débris d'une chrétienté qu'il avait su rendre florissante, et qu'il ne désespérait pas de rétablir, serait difficile ! C'était un parfum de cette patrie que le missionnaire aime jusqu'au dernier soupir, et n'oublie jamais parmi les travaux, les sueurs, les dégoûts et les périls, isolé au milieu de populations dont les mœurs, les habitudes, les idées, sont en contradiction avec ses sentiments et son éducation première, martyre journalier, plus dur peut-être que le martyre du sang.

Le Père E... avait obtenu de ses supérieurs l'autorisation de pénétrer dans une région où aucune chrétienté n'existait encore ; il avait réussi à grouper un petit nombre de familles baptisées et ferventes, lorsque la catastrophe, racontée plus haut, vint détruire son œuvre.

Recherché par les Tangoutes noirs, (il le savait), n'ayant point d'appui à attendre du gouvernement chinois qui ne s'oppose que fort mollement aux brigandages des Tangoutes, il errait cà et là, visitant les débris épars de sa chrétienté, et jouissant, dans le secret de son âme, de réaliser à la lettre la parole de l'Evangile, car il n'avait réellement pas un toit pour reposer sa tête.

Le missionnaire avait vu Pierre.

Il s'était même chargé d'une lettre qui avait été portée à Sinin pour être, de là, expédiée en Europe; la lettre avait évidemment été perdue.

Pierre nourrissait un projet presque insurmontable, et lui en avait fait la confidence : la ville de Lassa, ville fermée, interdite, le tentait, comme elle en a tenté beaucoup d'autres, qui ont tous échoué, à l'exception du Père Huc, dont le voyage remonte à une époque assez reculée.

Le missionnaire s'était efforcé de le détourner d'un plan hérissé de graves périls; il craignait de n'y avoir pas réussi. Le guide tangoute ayant refusé de le suivre plus loin, Pierre était parti avec deux Chinois dans la direction des hauts plateaux du Thibet. Du moment qu'aucune nouvelle n'était parvenue, on pouvait conjecturer qu'il était entré à Lassa et n'avait pu en sortir.

— Pourquoi le Tangoute tenait-il tant à garder le silence ? fit le docteur.

— Pour réussir, cette entreprise demandait le secret; et sans doute, M. Daur aura fait promettre à son guide de ne pas le trahir.

— C'était un homme de parole ! remarqua Georges.

Marthe était silencieuse, et son cœur se gonflait. Que d'incertitudes et de difficultés encore !

— Demain, ajouta le Père, je célèbrerai la messe dans ma pauvre chapelle provisoire. Nous prierons tous ensemble ; Dieu ne permettra pas qu'après tant de fatigues et de peines, vous n'ayiez pas le bonheur de retrouver M. Daur vivant !

En apprenant que la messe serait dite dans cette misérable tente, Suzon, son couteau et une corbeille à la main, se hâta de parcourir les recoins verdoyants du voisinage, et revint chargée d'une énorme botte de verdure :

— Autrefois, dans mon village, dit-elle, je n'avais pas ma pareille pour décorer les reposoirs... Madame, si vous m'aidiez à orner un peu cette pauvre chapelle !

Et, de fait, sous le regard des chrétiens émerveillés, la tente fut transformée et parée de verdure avec un goût tout parisien, qui amena des larmes dans les yeux du missionnaire.

Ah ! sans doute, il manquait à cette messe, l'encens, l'orgue ; il y manquait même les ornements les plus humbles de nos paroisses rurales.

Et pourtant, tous y goûtèrent un indicible charme, et après l'office, Suzon confia à sa maîtresse qu'elle s'était crue dans l'étable de Bethléem.

— C'était aussi pauvre et aussi émouvant ! ces braves gens, d'un côté, représentaient les bergers, et nous, de l'autre, nous figurions les rois mages !...

Le Père venait de procéder au baptême du nouveau-né, lorsque la poussière, s'élevant à l'horizon, annonça l'approche d'une caravane.

Par prudence on fit disparaître tous les vestiges du culte.

C'était un groupe considérable de Thibétains nomades

revenant d'un pélerinage à Lassa, et se rendant à Gounboum.

Ils établirent leur campement à une petite distance,
dressèrent les tentes, de tissu noir, fabriqué avec le poil
de leurs yaks, et se mirent, les uns à la recherche d'argols, les autres à puiser de l'eau pour remplir les marmites, ceux-ci à surveiller les bêtes qui arrachaient çà et
là des bouchées d'herbe fraîche.

Ces hommes étaient vêtus de très longues robes en peau
de mouton, retroussées à la ceinture, et y formant un
énorme pli, servant de poche. Leurs cheveux, longs,
noirs, raides, incultes, leur tombaient sur les yeux et
flottaient sur les épaules, tandis que le bras droit, nu,
sortait de dessous de leur unique vêtement, car le linge
est, chez eux, un luxe inconnu.

Le nez légèrement aplati, les yeux bridés, un peu
obliques, les pommettes saillantes, les lèvres épaisses, la
peau, jaune brun ou jaune sale, indiquaient chez ces
nomades une origine mongole.

Quelques lamas se distinguaient à la couleur de leurs
habits et à leur tête rasée.

L'un des Thibétains, un vieillard, s'approcha du vieux
chrétien, et tirant une langue formidable, selon le code
de la civilité puérile et honnête de son pays :

— Frère riche en années, je voudrais un de tes moutons. Quel prix en demandes-tu ?

— Vieux grand frère, les pauvres habitants de cette
tente ont besoin de leurs animaux, et ceux-ci ne sont pas
à vendre.

— Je te donnerai une once d'argent, ou bien... le Thibétain s'interrompit brusquement, il venait d'apercevoir
le groupe d'Européens.

— Des hommes du ciel d'Occident !... Pourquoi ont-ils

quitté leur lointaine patrie?.. comme celui que nous avons vu à Lassa !...

Georges, soudainement intéressé, s'approcha :

— Frère riche en années, répète tes paroles. Tu as vu à Lassa un étranger comme nous?

— Un homme blanc et barbu comme toi. Mais il s'est introduit à Lassa au mépris des augustes lois du grand et puissant bouddha-vivant, le dalaï-lama. Il y a vécu quelque temps caché, sous des vêtements semblables aux nôtres.

— Et où est-il maintenant?

— La police des kalouns a fini par découvrir que ce marchand était un étranger travesti. Et depuis, il expie dans les prisons du dalaï-lama sa coupable imprudence. Je ne l'ai donc pas vu moi-même, mais cet évènement a fait un grand bruit dans la ville, et tout le monde en parle.

— Sais-tu si sa vie est menacée?

— Je l'ignore; sa vie est entre les mains du dalaï-lama et des kalouns. Je crois qu'il n'a pas passé en jugement.

— Le dalaï-lama s'oppose donc absolument à l'entrée des hommes d'Occident dans sa capitale?

— La ville sainte est interdite... malheur à l'étranger qui y pénètre malgré le grand bouddha-vivant.

— Je cherche un guide pour me conduire à travers les hauts plateaux, dans la direction de Tengri-Nor, reprit Georges d'un ton dégagé. Tes compagnons et toi devez connaître la route; pourrais-je trouver un guide parmi eux? je paie cher.

Le vieillard regarda Georges :

— Ten gri-Nor est près de Lassa... je n'y conduirai point un étranger... Le ciel châtie ceux qui trahissent Bouddha!...

Et le vieillard, mécontent, tourna les talons, en négligeant de tirer la langue.

Pendant ce dialogue, Marthe, suivie de Suzon, s'était approchée sans bruit, à l'insu des deux interlocuteurs ; et Georges, en faisant volte-face pour aller porter cette grave nouvelle à ses compagnons, se trouva en présence de sa sœur, pâle et bouleversée.

— Silence ! fit Georges d'un ton bref. Ne te trahis pas, Marthe !... Le secret est indispensable si nous voulons réussir.

— Alors !... tu consens à me conduire à Lassa... Tu es un bon frère !...

— Je consens à tenter. C'est tout ce qu'un homme peut promettre. Ma pauvre sœur... ne te fais pas illusion !

— Monsieur est donc là-bas ? demanda Suzon, pour laquelle le thibétain était encore lettre morte.

— Prisonnier ! répondit Marthe en faisant de violents efforts pour dominer son émotion.

— Prisonnier !... Eh bien ! nous n'en avons pas fini !... Dame, aussi, quelle idée d'aller chez les gens malgré eux !... Qu'on les laisse donc tranquilles, tous ces lamas, dalaï-lama et autres !... Vrai !... quitter son chez-soi, une femme comme Madame, et un bijou comme Germaine !... pour courir la prétentaine... pour découvrir une montagne, une rivière que personne n'a encore vue !... Non !... faut avoir, comme on dit, une araignée au plafond !... Et comment le tirerons-nous de cette prison !... j'en donne ma langue aux chats !

La pauvre Suzon se dégonflait, pour la première fois, des pensées qui roulaient dans sa tête depuis de longs mois, et que les difficultés accumulées de cet interminable voyage, aigrissaient de jour en jour. Mais Suzon était, envers et contre tout, foncièrement bonne, et la brave fille craignit d'avoir contristé sa maîtresse.

— Tout ça, c'est pour dire, ajouta-t-elle d'un ton contrit. Madame connaît ma mauvaise tête !... mais, Madame sait que j'ai promis de la suivre jusque chez les anthropophages et les ours blancs, et je n'y ai point de regret... Nous irons à Lassa, Madame !... plaise à Dieu que nous puissions délivrer ce pauvre cher Monsieur ! Eh ! s'ils veulent mettre en prison, à sa place, une vieille fille inutile comme moi, eh bien ! j'en serai contente !

— Je connais ton dévouement, Suzon, dit Madame Daur en prenant les mains de la fidèle servante.

Le docteur et M. Lebon arrivèrent sur ces entrefaites, et on les mit au courant de ce qui arrivait.

— Pierre a commis une imprudence, dit le docteur. Après tout, charbonnier est maître chez lui ! Vous me direz que ces gens-là sont absurdes, ridicules ! je vous l'accorde ; mais, puisqu'ils tiennent tant à tenir la porte fermée, le mieux est de ne pas la forcer !

— Il s'est laissé entraîner par l'amour de la science, remarqua M. Lebon.

— Et il en a été suffisamment puni, ajouta Georges.

— Pauvre Pierre ! gémit Marthe.

— Nous le délivrerons, Madame, reprit Suzon, c'est moi qui vous le dis !

— Ne prolongeons pas cet aparté, fit Georges ; le vieux ne nous perd pas de vue ; je m'en défie, il paraît madré et subtil.

L'arrivée de la petite-fille de leur hôte, chargée d'une récolte de *kharmick,* vint faire diversion, pour Suzon surtout, qui s'intéressait vivement aux procédés culinaires indigènes, tout en les méprisant, *in petto.*

Le kharmick est un arbrisseau, répandu dans une grande partie de l'Asie centrale, et dont le fruit, d'un rouge vif, ressemble à la groseille. On l'associe aux boulettes de dzamba (farine d'orge grillée) pétries dans le thé salé et beurré, lesquelles sont la nourriture fondamentale des populations de la Haute-Asie. On en fait encore une boisson.

Les animaux sont aussi friands du kharmick que les hommes; et les ours descendent de leurs montagnes, pour s'offrir des dîners fins, dans les vallées qui produisent cet arbuste.

— Quel dommage de n'avoir pas ici ma belle bassine!... Nous ferions de la gelée de groseilles d'Asie! s'écria Suzon en dégustant quelques grains de kharmick.

La jeune Mongole ne comprit pas; mais elle sourit d'un air affable : la sympathie s'établissait décidément entre la fille des nomades, et la plébéienne française.

Cependant, le fusil sur l'épaule, les trois Messieurs étaient partis dans la campagne, plus préoccupés de Pierre que du gibier.

Après avoir examiné plusieurs plans les uns après les autres, ils s'arrêtèrent à ceci :

On se procurerait, à tout évènement, des costumes thibétains, et on irait jusqu'à Nap-Chou, village situé au sud des plateaux du haut Thibet, et assez proche de Lassa. Là, on verrait ce qu'il serait possible de tenter.

Il fallait donc se résoudre à franchir les hauts plateaux, et se hâter, car l'hiver, très précoce dans ces régions surélevées, les y surprendrait évidemment, ce qui épouvantait ces Messieurs, pour les femmes surtout.

Prendre des guides leur parut dangereux. Avec les diverses cartes tracées par les explorateurs des années précédentes, et en payant largement les conducteurs de chameaux qui les suivaient depuis Yarkand, on pourrait, Dieu aidant, franchir le Bourkhan-Bouddha, le Tanla, qui est, hélas! la plus haute région du plateau, et descendre enfin dans la vallée de Lassa.

Arrivés à Nap-Chou, on compterait uniquement sur la Providence. Le missionnaire, seul, connaîtrait leur plan.

Deux jours après, la caravane thibétaine se remit en marche ; ces nomades se rendaient en pèlerinage à Gounboum pour assister à la fête des fleurs.

Cette fête, qui attire une multitude de dévots, a été décrite par le Père Huc. La principale attraction consiste en sculptures et bas-reliefs exécutés en beurre frais, et admirablement coloriés par des artistes de grand talent. D'ailleurs, les fleurs en beurre sont offertes dans tous les temples bouddhiques, et cette fragile matière première, sous les doigts exercés des sculpteurs, se transforme en personnages et en animaux d'une frappante vérité.

Il faut lire dans les récits du Père Huc, que l'on ne saurait trop citer, les curieux détails qu'il donne, *de visu,* sur les lamaseries, en général, et la célèbre lamaserie de Gounboum, en particulier. Les quatre mille lamas qui habitent ce monastère, et s'y instruisent dans les sciences bouddhistes, de la façon empirique déjà décrite plus haut, forment une cité, composée de riches et de pauvres ; on voit des lamas mendiants à côté de ceux qui ont su acquérir des richesses (ce qui, on le voit, ne ressemble guère aux couvents catholiques). Citons, entre autres détails, les moulins à prières, soit portatifs, soit établis sur des cours d'eau ; et, dans le même ordre d'idées, les tonneaux mobiles, remplis de prières imprimées, lesquels, une fois mis en mouvement, tournent longtemps d'eux-mêmes, au profit de dévots, qui, doués ainsi d'ubiquité, vaquent à leurs affaires, sans perdre le mérite d'une continuelle oraison ; car, tant que moulins et tonneaux tournent, on est censé prier !...

Le Père E.. avait promis le secours de ses prières ;

mais, obligé dans l'intérêt des chrétientés de la région, à
une extrême prudence, il ne pouvait aider autrement les
voyageurs, dans une entreprise prohibée par les lois thi-

La jeune chrétienne.

bétaines, ni conseiller à ses chrétiens de leur prêter main
forte, ou même de leur servir de guides.

S'ils offraient, d'eux-mêmes, leurs services, ce serait
différent... Quoi qu'il en soit, ses prières et ses vœux
ardents accompagneraient les voyageurs.

Pour entreprendre la traversée des hauts plateaux,
beaucoup d'objets leur manquaient et Georges repartit

pour Sinin, afin d'acheter le nécessaire, y compris les costumes thibétains.

Pendant ce temps, l'intimité s'établit de plus en plus entre les chrétiennes asiatiques et les Françaises, à tel point que Suzon parvint à initier les jeunes aux avantages ignorés de l'eau limpide des sources ; le don d'un morceau de savon (don héroïque, car on en manquerait peut-être), acheva de sceller une amitié vive et sincère.

D'autre part (décidément on se fait à tout !) Suzon en était arrivée à s'intéresser à la récolte d'argols, rapportée journellement par les membres de ce petit village. C'est que, s'il y a fagots et fagots, il y a aussi argols et argols. Les gens compétents les classent en quatre catégories : en premier lieu, les argols de chèvre et de mouton ; en second lieu, ceux de chameau ; puis ceux de yak, et enfin, les argols produits par la race chevaline. Ces derniers remplacent particulièrement les allume-feux et les margotins.

Les argols de yak sont les plus utilisés ; on les pétrit soigneusement, la pâte se met en moule et on les livre à la consommation, ou même au commerce, car dans une grande partie de l'Asie il n'est pas brûlé d'autre combustible. Et non seulement l'argol est un combustible, mais on l'utilise encore pour la construction de murailles et de meubles grossiers. Une armoire en argols !

— Vraie couleur locale ! disait le docteur en inspectant un mobilier de ce genre.

Cependant le missionnaire était parti avec son catéchiste pour visiter un autre débris de son troupeau, établi à environ trente kilomètres dans la direction du sud. Il s'arracha avec regret à cette douce et rare société de compatriotes, pour retomber dans le dénuement social et intellectuel, plus dur encore que le dénuement physique, qui est aussi le lot habituel du missionnaire dans ces contrées presque ignorées des Européens. Mais son cœur est plus haut, et il puise dans des régions surhumaines, le secret d'une abnégation obscure et de toutes les heures.

Il avait d'ailleurs recueilli autour de lui des documents aussi intéressants qu'absolument inédits ; et, heureux d'en faire hommage à la science française, le Père E... offrit ses travaux à Georges. De plus il crut devoir lui remettre les notes de voyage de Pierre, que celui-ci avait confiées au missionnaire avant de se lancer dans son aventureuse entreprise.

Deux voies déjà suivies se présentaient aux voyageurs : la route prise par les Pères Huc et Gabet en 1845 lorsqu'ils allèrent à Lassa, et celle de Préjvalsky, parcourue par l'explorateur russe, il y a un petit nombre d'années.

Pour rejoindre celle-ci, il fallait remonter au nord, ou traverser de l'ouest à l'est une région inexplorée jusqu'à nos jours, afin de gagner le Tsaïdam.

Ils choisirent ce dernier plan, qui leur parut le plus rapide, malgré de sérieuses difficultés d'exécution.

Ils annoncèrent donc qu'ils partaient pour le Tsaïdam.

Alors le vieil aïeul vint trouver les voyageurs, et leur proposa son plus jeune fils Akampa pour guide. Il connaissait la route du Tsaïdam, et les accompagnerait même plus loin encore.

— Nous avons habité Lassa pendant plusieurs mois, ajouta le vieillard, avec un regard d'intelligence. Frères, que ceci ne vous trouble pas ! Les chrétiens savent garder un secret... ils ont deviné vos projets... Nous ne sommes pas sujets du dalaï-lama, et n'avons pas les mêmes scrupules que ces Thibétains... Mon fils sera heureux s'il peut vous rendre service.

— J'accepte alors, répondit M. Lebon d'un ton ému.

— Que Dieu vous accompagne !

Et le vieillard offrit à chacun d'eux un *khata* ou écharpe de félicité.

Le khata joue un grand rôle : c'est un léger tissu de soie, une sorte de gaze, bleu très pâle, de forme oblongue, avec des franges aux deux extrémités.

Il y a des khata de toutes les tailles, depuis le khata en diminutif qui s'insère dans les lettres, jusqu'à la grande et luxueuse écharpe que l'on offre aux personnages de distinction.

Riches et pauvres font continuellement usage de cette marque d'honneur, de politesse, de bienveillance, laquelle d'ailleurs, doit accompagner toutes les suppliques ou demandes de services.

Georges y avait pensé, et revenait de Sinin muni d'une collection de khata de toutes les tailles et de toutes les qualités.

Les femmes s'empressèrent autour de Marthe et de Suzon pour les combler de friandises indigènes, et de petits objets confectionnés par elles. Les larmes brillaient dans leurs yeux... Peut-être avaient-elles entrevu des horizons nouveaux !

La civilisation féminine de l'Occident, révélée par ces deux étrangères, leur était-elle apparue comme un de ces rêves qui s'évanouissent sans laisser de traces ? ou bien les filles nomades de l'Orient devaient-elles garder la mémoire de cette visite de quelques jours ?

On ne le saura probablement jamais.

Georges s'était muni de tout ce qu'il avait pu imaginer pour parer aux difficultés et aux dangers d'un voyage sur les hauts plateaux...

En hiver !... car il ne fallait pas se le dissimuler, l'hiver, le terrible hiver, l'hiver polaire, dans toute sa rigueur, les surprendrait sur le plateau de Tanla, le plus élevé et le plus glacial du haut Thibet !

Le Nomokhoum-Gol.

Toutes les précautions humaines étaient prises : fourrures, couvertures, tentes de feutre, animaux de rechange, chameaux, yaks, mulets de selle, tous aussi pourvus de couvertures ; provisions d'alcool pour ne jamais manquer de thé brûlant ; farine, sucre, beurre, graisse et moutons vivants, destinés à être sacrifiés les uns après les autres ; enfin un nombre respectable de briques de thé, lesquelles, non seulement fourniraient l'unique boisson possible, mais remplaceraient, au besoin, l'argent pour les échanges avec les nomades.

On prépare ces briques avec les brindilles et les feuilles de qualité inférieure, en les comprimant dans un moule. Elles en sortent semblables aux briques d'argile qui sont employées dans la construction des maisons.

Pour en faire usage, on en casse un morceau, on le réduit en poudre, puis on le fait bouillir, en le salant. Quand cette décoction (car on ne saurait dire cette infusion) est devenue à peu près noire, on y ajoute une certaine quantité de lait, et même souvent du beurre.

On décante ensuite le liquide, qui sert de boisson et de nourriture, en y pétrissant des boulettes de dzamba. Ceci fait nécessairement le fond de l'alimentation des caravanes qui traversent les déserts. Et la sensualité n'a rien à y voir, pour des Français du moins.

Le Tsaïdam, vers lequel ils se dirigeaient maintenant, est une plaine unie et marécageuse, d'une altitude inférieure au Kou kou-Nor, et partant d'un climat moins rude ; ces marécages sont tellement salins que le sel y forme des croûtes épaisses et blanches, semblables à de la glace.

La végétation, presque nulle, consiste uniquement en broussailles sèches, mais les bestiaux se régalent à bouche-que-veux-tu de sel et de nitre.

Il n'y a qu'à se baisser pour ramasser du sel en quan

tité suffisante pour approvisionner toutes les caravanes présentes et futures.

Après avoir traversé sans encombre ces plaines salées et les marais d'Irguitzyk, les voyageurs gagnèrent les bords du Nomokhoum-Gol, dont le lit est creusé entre les monts Bourkan-Bouddha, d'une part, et Go-Chili de l'autre, en suivant les traces de Préjvalsky, afin d'éviter le passage terrible du Bourkan-Bouddha.

Si le lecteur a suivi, sur la carte, l'itinéraire de Marthe et de ses compagnons, chose d'ailleurs nécessaire pour l'intelligence de leur voyage, il a pu remarquer que, en passant par le Kachemire, le Karakorum, Yarkand, Kachgar, Vernoïé, Kouldja, Khami, Sat-Cheou, le Kou-kou-nor et le Tsaïdam, ils avaient tourné le haut Thibet, à l'ouest d'abord, au nord ensuite. Et maintenant, ils étaient obligés d'attaquer ce terrible plateau par le nord-est, se dirigeant vers le sud-ouest, afin d'en descendre sur Lassa, la ville interdite.

Ajoutons une réflexion à ce coup d'œil géographique : les mots « nor » et « gol » signifient lac et rivière. Donc, en disant le lac Kou kou-Nor, la rivière Nomo-khoum-Gol, on commet un pléonasme.

Akampa connaissait ce défilé étroit du Nomokhoum-Gol ; et, sans hésitation, il y engagea la caravane qui fut agréablement surprise, au sortir de ces sombres gorges, de cheminer entre des sources vives, jaillissant sous des multitudes de clématites, d'osiers, de glaïeuls et de tamaris. Mille oiseaux voltigeaient çà et là, et on campa dans ce lieu enchanteur.

Puis, remontant toujours le défilé, les voyageurs arri-vèrent à 4,500 mètres d'altitude, au sommet du mont Chouga, ainsi qu'on peut le voir sur la carte ; et redes-cendirent dans une riante vallée, semée de kharmick, de rhubarbe, d'ail sauvage, et autres plantes herbacées,

9

animée par une multitude d'herbivores du désert : antilopes, khoulans, yaks sauvages.

Et il fut d'autant plus facile d'en faire des hécatombes,
que ces pauvres animaux sans défiance regardaient
paisiblement passer le roi de la création qu'ils n'avaient
pas encore appris à redouter.

Car c'était le désert ; ou, du moins, c'était la flore et la
faune sans l'homme ; désert charmant, à donner envie d'y
vivre en ermite, loin des luttes et des convoitises
humaines.

C'est ce que pensait le docteur. Il n'eût pas été fâché
d'en savourer les délices. Mais, comme il le disait parfois : Le Juif-Errant n'était plus un mythe !

Il fallut donc s'arracher à ces douceurs, pour gravir les
vastes régions désolées et quasi polaires, dont la seule
pensée lui donnait le frisson.

Mais devant l'attitude courageuse des femmes, le docteur s'en voulait de ce frisson involontaire.

Et peu à peu, on s'éleva dans le massif du Kou kou-
Chili.

On défit les ballots de fourrures ; le froid, quoique
supportable, commençait à devenir piquant.

Du reste, c'était toujours la solitude absolue. Et le docteur s'émerveillait de voir sur notre globe, tant d'espaces
non encore soumis au joug de l'homme. Les ours y
vivaient en paix, dans un domaine incontesté, côte à
côte avec une faune variée : les yaks, les antilopes, les
argalis, et les koukou-iamans représentaient la race des
ruminants, races bovine et ovine ; deux variétés d'ours,
le loup, dont une espèce blanche à poil laineux, et le
corsac ou chacal, composaient le genre carnassier. Quant
à la gent ailée, on voyait quelques vautours, des corbeaux,
des perdrix, des alouettes, mais en petit nombre. Les
oiseaux et les arbres sympathisent d'ordinaire ; et là où

l'arbre est inconnu, l'oiseau s'éloigne pour chercher ailleurs les ombrages qui abritent son nid et ses chants.

Donc, les vivres abondaient, et les argols aussi. La famine était encore à l'état de spectre lointain.

Cependant, on s'enfonçait de plus en plus dans le dédale de roches et de pics, entassés, dirait-on, par les Titans de la fable ; et, une nuit, le thermomètre descendit à 20 degrés au-dessous de zéro. Il fallut casser de la glace pour abreuver les animaux qui croquèrent les glaçons, et pour remplir les marmites.

Puis, on se mit en route. Alors une bise violente s'éleva en rafales glacées, ôtant la respiration et figeant en stalactites, l'haleine des hommes et des animaux.

Les voyageurs durent mettre pied à terre, pour éviter une congélation menaçante, et se réchauffer un peu, en marchant, à demi courbés par le vent dont la furie tourbillonnante soulevait des nuages de poussière.

La nuit suivante, le thermomètre descendit à 25 degrés ; et, grâce à l'altitude, l'eau entrant en ébullition fort au-dessous de 100 degrés, il fut difficile de faire le thé, et impossible de cuire la viande.

Le mal de montagne, ajoutant ses malaises à la rigueur de la température, les voyageurs durent faire appel à toute leur énergie, pour stimuler les bêtes anéanties, et marcher eux-mêmes.

Le vent, qui s'était calmé pendant la nuit, reprit de plus belle, et lorsqu'on fit halte, l'état de tous, bêtes et hommes, était tout à fait piteux.

A ces altitudes la tête tourne, les idées deviennent incohérentes, le cœur se soulève, les jambes tremblent, l'oppression gagne ; ajoutez à cela les morsures d'un froid asphyxiant, et vous aurez une légère idée des souffrances de la petite caravane.

Les animaux souffrent aussi, et de l'abaissement de la

température, et de la raréfaction de l'air, tellement sec d'ailleurs et privé d'humidité que le bois craque et se fend ; les ongles se cassent au moindre choc et les lèvres enflent ; seuls les moutons de somme supportent aisément ces altitudes ; et, se serrant les uns contre les autres, en rond, ils résistent à un froid excessif.

Tamerlan était donc toujours gai et dispos, et le plus en train de la bande.

Il fut impossible d'allumer un feu suffisant pour faire la cuisine. On se contenta de thé tiède avec de la farine délayée.

— Les nomades thibétains mangent fort bien la viande crue, dit M. Lebon, en avalant ces insipides boulettes. On dépèce un mouton et on en dévore les lambeaux saignants. Ce n'est ni propre, ni appétissant, mais quand il s'agit de conserver ses forces, on doit passer par-dessus de semblables considérations : donc, Madame, croyezmoi, mettons-nous à la viande crue. Le docteur vous dira qu'il l'a ordonnée à nombre de malades ; et ici nous sommes de vrais malades, atteints de la double maladie du froid et de l'air raréfié.

— Mettons-nous à la viande crue ! opina le docteur.

— Les nomades se régalent du sang tout chaud des animaux égorgés, continua M. Lebon. D'ailleurs, ils y sont accoutumés dès l'enfance, et les mères, dit-on, pour sevrer leurs nourrissons, font usage de sang pétri avec du fromage et du beurre.

— Passe pour la viande crue ! dit alors Marthe, mais je demande grâce pour le sang chaud. D'ailleurs, je n'ai pas le moindre appétit.

Une violente rafale vint couper la parole au docteur qui se disposait à ordonner d'autorité à Marthe de manger ; la marmite fut renversée et son contenu devint immédiatement un bloc de glace ; les animaux furent projetés çà et là ; une tente jetée à terre, et les autres fort ébranlées ; puis un tourbillon opaque de neige vint aveugler nos gens, et mettre le comble à leurs misères.

Heureusement la chute de neige ne fut pas de longue durée, et amena une détente dans la bourrasque.

Transis et glacés, les hommes s'évertuèrent à consolider les tentes et à rassembler les bêtes ; puis, enfouis sous des montagnes de couvertures, tous cherchèrent dans le sommeil un peu de chaleur et l'oubli de leurs maux.

Le lendemain, on constata avec douleur que les chameaux étaient en piteux état ; leurs pieds ensanglantés paraissaient les faire cruellement souffrir, et les chameliers déclarèrent qu'il fallait les chausser.

C'est que les hauts plateaux portent une herbe dure et piquante comme l'acier, laquelle déchire la bouche des animaux qui la broutent à défaut d'autre chose.

Et pour préserver de blessures les pieds des chameaux, on y coud des semelles en peau de mouton.

L'opération prit du temps ; elle parut déplaire aux patients, et l'un d'eux, d'humeur probablement plus récalcitrante, refusa absolument de se laisser faire, s'accroupit, le cou allongé sur le sol, et, ni cris, ni coups, ne purent le décider à se relever.

Les chameliers se démenaient de telle sorte qu'ils en étaient en nage par 30 degrés de froid.

— Voyons, fit le docteur, je serai peut-être plus heureux que vous.

Et, prenant des mains d'un chamelier, la corde passée dans l'anneau que l'animal portait au nez, il tira de toutes ses forces ; celui-ci, furieux sans doute de voir apparaître un nouvel ennemi, se dressa en colère, se mit sur ses quatre pieds, et poussant un éternuement épouvantable, il couvrit l'infortuné docteur d'une masse infecte d'herbes à demi ruminées ; puis, cette vengeance accomplie, il se laissa faire.

Le docteur recula, tout effaré d'une victoire si malproprement achetée.

Et sa mine était si comiquement piteuse, que personne ne put retenir un éclat de rire, auquel il eut le bon esprit de s'associer.

Car tel est l'unique moyen de défense du chameau : rejeter son dîner sur qui lui est désagréable.

Enfin, tous les chameaux étant solidement chaussés, la caravane se mit en marche.

— Courage ! dit alors M. Lebon, nous allons arriver à la vallée du Mour-Oussou, autrement appelé Yang-tsee-Tsian ou fleuve Bleu.

— Ce grand fleuve qui traverse la Chine entière pour se jeter dans l'Océan Pacifique à Shang-Haï ?

— Lui-même ou du moins sa branche supérieure. Ce fleuve célèbre est formé d'une multitude de ruisseaux, sortis des glaciers qui couvrent la pente septentrionale des monts Tanla.

Il s'appelle ici Mour-Oussou, eau tortueuse ; plus loin, Kin-Cho-Kiang, fleuve au sable d'or, et enfin Yang-tsee-Tsian.

Les Européens lui ont donné le nom de fleuve Bleu ; ses eaux d'ailleurs sont d'un bleu limpide, tandis que son confrère, le Hoang-Ho ou fleuve Jaune, qui prend sa source un peu plus au nord, et se jette dans la mer de Corée au-dessous de Tien-Sin, roule des eaux jaunâtres.

Mais, en ce moment, nous passerons le fleuve Bleu à pied sec, attendu qu'il est gelé depuis le mois de novembre jusqu'en mars.

— C'est dommage, dit Georges, un fleuve étant un chemin qui marche, perd toute sa physionomie lorsqu'il est privé du mouvement qui lui donne la vie, pour se transformer en route immobile !

Arrivés sur un dernier sommet, les voyageurs virent effectivement se dérouler à leurs pieds les méandres du jeune fleuve, destiné à fournir une si longue carrière.

Ils agitèrent leurs coiffures en criant: Vivat ! vivat ! ! le fleuve Bleu !

La vallée du Mour-Oussou est d'une température relativement douce et tapissée de pâturages passables ; aussi les animaux herbivores y sont-ils innombrables ; on put allumer un feu suffisant pour cuire la viande et le festin du mouton cru fut ajourné.

Mais cette halte meilleure allait être suivie de l'ascension du terrible plateau du Tanla, surmonté de l'est à l'ouest par une chaîne de montagnes du même nom, toutes blanches de neiges perpétuelles.

Dès le mois de novembre le thermomètre descend audessous de 30 degrés ; et pendant l'année entière les ouragans s'y succèdent. L'été consiste en pluie, neige, grêle.

Les animaux se hasardent peu dans cette région inhospitalière ; cependant on y trouve quelques yaks et quelques khoulans jusqu'à 5,000 mètres ; les antilopes y sont fort rares.

Le malheureux chameau rébarbatif paya de sa vie les fatigues d'une telle traversée ; les autres maigrirent au point que leurs bosses étaient flasques et molles ; quant aux gens, enveloppés jusqu'aux yeux dans leurs fourrures, ils offraient l'aspect de monstrueux paquets ambulants.

Les animaux étaient également ficelés dans des couvertures ; ce qui composait un ensemble grotesque, rappelant certains épisodes de la retraite de la grande armée, après la campagne de Russie.

Mais on souffrait trop pour rire de la tournure impossible des gens et des bêtes ; le thermomètre descendit

jusqu'à 35 et 40 degrés, et le vent soufflait toujours mor-
tellement glacial.

On avançait avec une lenteur désolante, car le froid
était tellement violent qu'on ne pouvait se tenir à cheval,
et la faiblesse, causée par la raréfaction de l'air, ne permettait pas les longues marches.

La route était jonchée de squelettes d'animaux, et
aussi, hélas! de ceux des malheureux voyageurs que les
caravanes sèment sur leur passage et qui deviennent la
proie des vautours et des gypaëtes. Spectacle à faire dresser
les cheveux sur la tête, surtout quand on songe à l'affreuse
agonie de ces malheureux tombés là, vivant encore, mais
ne pouvant plus se soutenir ni être transportés. On voyait,
auprès de leurs ossements, l'écuelle et le sac de farine
déposés à leurs côtés, comme dernier adieu, par leurs
compagnons de route. Et ils étaient morts, seuls, abandonnés dans le désert, se voyant entourés d'une nuée de
vautours et de corbeaux, guettant leur dernier soupir
pour les dévorer.

Ces lugubres rencontres n'étaient pas faites pour
remonter le moral; et malgré les efforts individuels de
chacun, une lourde tristesse planait sur la petite caravane, suivie pas à pas par les rapaces accoutumés à voir
tomber hommes et animaux.

Mais, grâce à Dieu, l'attente des vautours fut déçue
cette fois, et les voyageurs, hâves, amaigris, arrivèrent
au complet, à l'extrémité méridionale du plateau, après
avoir cruellement souffert.

Là se trouvent quelques représentants de l'espèce
humaine, nomades et pillards dont la profession principale consiste à détrousser les voyageurs. Ils y ajoutent la
chasse et l'élève des bestiaux. Ils forment deux peuplades
distinctes : les Golyks qui vivent sur les bords du fleuve

Bleu, et les Egraïs qui occupent les environs du col de Tanla.

Ces derniers guettent les caravanes au passage, les dépouillent de l'argent d'abord, et d'une partie de leurs effets ensuite; puis en bons princes, ils les laissent passer.

Un évènement récent n'était d'ailleurs pas de nature à inspirer une entière sécurité à nos amis. Car, en 1894, un explorateur français, Dutreuil de Rhins, a été assassiné par les Houng-Hoa, ou Chevelures longues, ou encore Chapeaux rouges, peuplade de Thibétains orientaux au ceractère violent, déjà cités par le Père Huc, et qui habitent le cours supérieur du fleuve Bleu. Ils avaient volé deux chevaux à la caravane française; le voyageur, après s'être vainement adressé à leur chef, s'empara alors de deux de leurs chevaux, pour gage. Et les Houng-Hoa, après une fusillade dirigée sur les Français dont les munitions étaient épuisées, s'emparèrent de M. Dutreuil de Rhins, grièvement blessé, le lièrent et le jetèrent à l'eau ; les hommes de la caravane prirent la fuite, et le compagnon de Dutreuil, échappé au désastre, revint seul, par des chemins inconnus, jusqu'au Koukou-Nor.

Akampa et M. Lebon connaissaient ces détails ; le moment arrivait d'en instruire leurs compagnons, afin de se préparer à la défense, car personne n'était disposé à donner la bourse, pas plus que la vie.

— Les Egraïs, dit M. Lebon, sont de vrais et francs brigands, insolents et brutaux. Ils ne font pas comme leurs confrères du nord de la Chine qui, dit le Père Huc, vous dépouillent avec des manières qui ne laissent rien à désirer ; abordant poliment le voyageur : « Vieux grand frère, je suis sans argent, prête-moi ta bourse... Vieux grand frère, je manque d'habits, prête-moi ton manteau... Vieux grand frère, je suis bien fatigué, prête-moi ta monture !... »

— Et si le vieux grand frère fait des difficultés ?

— Oh ! alors, on en arrive aux coups et au meurtre.

— Gardons nos carabines chargées et ayons l'œil ; avec du courage et du sang-froid on met aisément les Egraïs en fuite quand les munitions ne manquent pas ; et nous en avons suffisamment pour combattre tous les brigands de la région.

Deux jours se passèrent sans alerte. Le troisième jour, au détour d'un rocher, trois cavaliers apparurent, se profilant sur la pente de la montagne, à vingt pas au-dessous des voyageurs.

Ces hommes avaient le teint basané, leurs longs cheveux noirs tombaient sur les épaules ; ils portaient un fusil en bandoulière, deux sabres, une peau de loup en guise de bonnets, et des vêtements fort sales.

Le cheval de l'un d'eux était orné de deux petits drapeaux rouges placés à l'arrière de la selle, ce qui indiquait un chef. Les chevaux, de petite taille, paraissaient doués de l'adresse ascensionnelle des chèvres.

Sur-le-champ les voyageurs prirent une attitude assurée et menaçante.

Les cavaliers s'arrêtèrent et parurent hésiter à avancer.

En ce moment un vautour passa rapidement au-dessus des têtes des nouveaux venus. M. Lebon visa, tira, et le rapace tomba en tournoyant sur un des cavaliers dont le cheval trébucha et faillit jeter son maître par terre.

Puis le voyageur français, sa carabine en main, s'approcha délibérément du trio nomade.

La sûreté de tir de cet étranger parut leur donner à réfléchir ; d'ailleurs, ils n'étaient que trois. Celui qui semblait être le chef, s'approcha, tira une langue démesurée, et proposa de vendre du beurre et du fromage blanc.

— Volontiers, répliqua M. Lebon d'un ton bref, nous

sommes gens paisibles, mais nous n'entendons pas qu'on nous manque de politesse.

Le chef protesta de ses intentions pacifiques, et les trois cavaliers s'éloignèrent pour aller chercher du beurre.

— Allons-nous les attendre ? demanda Marthe.

— Nullement. Rien ne prouve qu'ils reviendront ; et s'ils reviennent ils pourraient fort bien être en nombre, donc, en avant.

Ils continuèrent à marcher, tout prêts à se servir de leurs armes, et dévisageant chaque accident de terrain.

L'étape s'acheva sans nouvelle rencontre, les Egraïs marchands de beurre n'avaient pas reparu.

On campa comme à l'ordinaire.

Chercher des argols, les allumer plus ou moins aisément, remplir les marmites de neige ou de glace concassée, et comme la Providence avait pourvu au souper, plonger le gibier dans l'eau bouillante salée, tel fut le repas ; on n'avait, du reste, aucun moyen de varier ; quelquefois, cependant, on faisait sauter des oiseaux dans la graisse de mouton, ou frire des gâteaux de farine sucrés, mais c'était le régal des grands jours.

Lorsqu'on était sans gibier et qu'on jugeait sage d'économiser les moutons, on soupait à la thibétaine avec du thé et des boulettes de dzamba.

Ces jours-là, jours de pénitence, on ne mangeait pas, disait le docteur, on se contentait de *boulotter*.

Et l'argot faisait passer la boulette.

Quand l'altitude un peu plus basse permettait au feu de bien fonctionner, et à la viande de cuire, ou au thé d'être brûlant, on s'estimait fort heureux. Tout est relatif en ce monde.

Le jour baissait et M. Lebon inspectait l'horizon ; tout à coup il s'écria :

— Halte-là, je vois nos hommes !... ils sont au moins vingt-cinq.

Chacun sauta sur sa carabine.

Le groupe approcha, ces gens apportaient une grande quantité de beurre et de fromage. Et M. Lebon débattit le prix avec eux.

Pendant la discussion, qui s'anima un peu, plusieurs cavaliers s'écartèrent sans bruit, se dirigeant vers les animaux qui paissaient ; puis, s'emparant vivement de deux mulets, ils partirent au grand galop en les entraînant avec eux.

Les chameliers poussèrent des cris perçants ; il y eut un moment de désordre. M. Lebon saisit la bride du chef, tandis que les autres voyageurs armaient leurs carabines.

— Ordonne à tes hommes de nous rendre nos bêtes ! dit M. Lebon sans s'émouvoir. Nos fusils sont à douze coups, et tu sais que je vise bien...

— Lâche-moi, je cours après eux... ce sont des voleurs... des...

Les autres cavaliers, voyant la situation critique de leur chef, s'élancèrent, le sabre au poing, et l'un d'eux blessa légèrement Akampa.

M. Lebon fit un signe et les carabines furent braquées sur les assaillants, car on était en cas de légitime défense. Ceux-ci détalèrent de toute la vitesse de leurs chevaux, sans demander leur reste.

— Inutile de te regimber, vieux frère, dit alors M. Lebon au chef. Tu es mon prisonnier, et je te garderai tant que nos mulets ne nous seront pas rendus...

— Comment veux-tu que j'aille les chercher si tu me retiens ?...

Un double trot se fit entendre : les mulets relâchés revenaient d'eux-mêmes au campement.

— Bien ! reprit M. Lebon. Voici le prix de ton beurre ; et, si tu le veux, nous nous séparerons amis.

— Tu es brave, répliqua l'Egraïs. J'aime les braves... Accepte en signe d'alliance ce sabre que j'ai porté dans les combats.

— Je l'accepte ; reçois en retour ces briques de thé et ce couteau fabriqué sous le ciel d'Occident.

— Viens sous nos tentes ; nos moutons sont gras, et nos vaches donnent un lait exquis. Nous t'offrirons le khata de félicité.

— Merci, vieux frère, le temps nous presse, nous ne pouvons aller sous tes tentes.

L'Egraïs n'insista pas ; il tira la langue à la société, tourna bride et disparut.

Le feu s'était éteint pendant la bagarre, et le souper, rapidement refroidi, était passé à l'état de sorbet, sorbet qu'il ne faudrait pas comparer à ceux qui sont servis sur votre table, ami lecteur...

L'émotion avait, d'ailleurs, coupé l'appétit. Et après avoir organisé un service de vedettes, pour dernière précaution, nos gens disparurent sous leurs monceaux de couvertures chaudes et épaissses.

La descente du Tanla était commencée ; et, chaque jour, l'air devenait plus respirable, le froid moins terrible ; et, l'espèce humaine reparaissant, on rencontrait de temps à autre, les tentes noires des Tibétains nomades.

Les obos, les inscriptions nombreuses gravées sur dès pierres, démontraient clairement qu'on était en plein bouddhisme.

C'était le cœur du Thibet, ce royaume régi par le gouvernement du dalaï-lama, tenu en tutelle, à la vérité, par la Chine. Divisé en quatre provinces, celles de Kham, Ouï, Tsang, Guari Komsoum, soumises aux autorités de Lassa, le Thibet renferme encore un certain nombre de petites principautés dont les roitelets, semi-indépendants, sont les vassaux de l'empire chinois.

Cependant, la question terrible se posait. On avait franchi les hauts plateaux : c'était beaucoup et ce n'était rien !

La difficulté restait tout entière. Elle se dressait insoluble ; et plus on approchait du terme, plus le succès paraissait impossible.

Il fallait malgré tout tenter quelque chose. Seraient-ils venus jusque-là, en se jouant de toutes les fatigues et de tous les périls, pour reconnaître que l'entreprise était au-dessus de leur pouvoir ?

Marthe émit la proposition d'endosser le costume thibétain, et d'aller de l'avant.

Pierre n'avait pas été découvert sur-le-champ. De plus, Akampa connaissait Lassa et ses usages. Son expérience les aiderait à garder l'incognito.

Ces messieurs hésitaient.

Ils avaient le choix entre deux déterminations.

S'adresser au gouvernement du dalaï-lama, et par voie diplomatique, au nom de la France, demander l'autorisation d'entrer à Lassa, ou tout au moins réclamer la libération du prisonnier.

Ou bien se taire, pénétrer secrètement dans la ville interdite ; et, une fois là, tenter de faire évader Pierre.

D'une part, si le premier plan offrait moins de dangers, le succès en paraissait fort problématique. Car le gouvernement thibétain vit absolument en dehors de la civilisation moderne, et du concert européen. Concentré sur lui-même, il se préoccupe fort peu de la situation politique des pays lointains. Connaissant seulement les Oros (Russes) au nord de ses frontières, et les Pélins (Anglais) au sud, il confond tous les Européens avec ces deux nations ; et un ultimatum du gouvernement français le laisserait sans doute fort indifférent.

De plus, étant prévenu, il serait sur ses gardes, et l'échec de ce premier plan rendrait le second impraticable.

D'ailleurs, l'insuccès des tentatives récentes de voyageurs français de haute distinction n'était pas fait pour encourager nos amis à entrer dans cette voie.

Le second plan, celui de Marthe, n'était pas sans danger, et il présentait de terribles difficultés. En admettant qu'on parvînt à pénétrer dans la capitale thibétaine, rien ne permettait d'espérer une évasion, le prisonnier étant, assurément, bien et dûment enfermé et gardé.

On discutait tous les jours sans avancer la question d'un pas.

Enfin, un matin, en s'éveillant, Marthe appela sa vieille bonne :

— Ouvre la caisse, et prends nos costumes thibétains. Nous allons les revêtir.

— Décidément ?... Ah! il faut que j'aime bien Madame, pour!... enfin!...

La pauvre Suzon aida sa maîtresse à passer une longue robe doublée de fourrures, par-dessus laquelle elle ajouta une tunique de diverses couleurs, assez courte et un gilet sans manches. Elle tressa la longue chevelure noire de sa maîtresse en deux nattes mêlées de coraux, de turquoises et de rubans, lui couvrit la tête d'un bonnet jaune (coiffure des femmes de la basse classe), et jeta sur le tout un vaste manteau en peau de mouton.

Pour varier, Marthe possédait un second costume, dont la pièce la plus remarquable était une jupe très ample, toute plissée et fixée sur une sorte de ceinture en toile. Cette jupe était teinte de couleurs variées et éclatantes. Son frère lui avait également apporté de Sinin des parures et des couronnes en coquillages. Mais cette coiffure étant à Lassa celle qui distingue les femmes de qualité, Marthe ne jugea pas à propos de l'adopter.

Ensuite, en poussant des soupirs à fendre l'âme, la pauvre Suzon tressa ses cheveux gris en nattes pendantes, et revêtit à son tour le costume thibétain.

— En voilà, un carnaval!... Dirait-on pas le mardi-gras!... Et à mon âge!... moi qui, dans mon jeune temps, n'ai jamais voulu, comme de juste, me mêler à ces folies!... Hélas!... Encore, vous, Madame, avec vos beaux cheveux noirs, votre figure un peu ronde, vous avez un faux air de Thibétaine... faux, car vous êtes cent fois plus belle (ce qui n'est pas dire grand'chose)... Mais, moi, avec ma vieille figure en lame de couteau... j'éventerai la mèche !

— Eh bien ! n'entre pas à Lassa avec nous !...

— Madame plaisante !... faudrait voir que je vous laisserais y entrer toute seule !...

— Du reste, reprit Marthe, certaines tribus nomades ont la figure longue et osseuse. Ne t'inquiète pas, Suzon ; maintenant, présentons-nous à la société.

Les deux femmes sortirent de la tente, et Marthe salua ses compagnons en langue thibétaine.

Il y eut des Oh ! et des Ah !... mais après le premier moment de surprise, les Thibétaines eurent un succès complet... et mérité.

— Nous vous avons donné l'exemple, dit Marthe, ne le suivrez-vous pas ?

— Hum ! fit M. Lebon.

Le docteur s'éclipsa, et reparut un instant après, tout guilleret, transformé des pieds à la tête.

Puis ce fut le tour de Georges.

Et tout en faisant : Hum !... Hum !... M. Lebon alla se revêtir à son tour de la robe et des bottes thibétaines, bottes rouges, c'est-à-dire signe distinctif des gens de peu,

car les bottes violettes sont le privilège des fonction-
naires, et il n'appartient qu'aux grands de porter les
bottes arc-en-ciel. Puis, tous se coiffèrent du petit chapeau de feutre blanc, en partie revêtu d'étoffe multico-
lore, et posé sur l'oreille gauche, tandis qu'un cordon le
retient sous le menton.

Pendant qu'on était en train, il fut décidé qu'on cause-
rait désormais en langue thibétaine.

Marthe entreprit même d'en inculquer quelques
notions à sa bonne.

Et celle-ci sut bientôt apporter de l'eau à sa maîtresse,
quand la jeune femme prononçait le mot *tchon*, savait
l'avertir que le *rta*, cheval, était sellé ; dire que le *mé*,
feu, s'allumait difficilement, les argols étant humides.
Il aurait fallu du *cheng*, bois... Puis, peu à peu, son
bagage augmentant, Suzon fut capable de discuter le
nombre d'onces d'argent que pouvait valoir un yak, payé
en *yamba*, lingots, saluer un vieillard du nom d'*appa*,
père, et enfin d'user logiquement de la mimique qui aide
puissamment à comprendre les discours d'un Thibétain.

Elle levait donc le petit doigt quand le thé se trouvait
mauvais, ou le pouce, lorsque la confection de cette
boisson journalière était satisfaisante.

Et si la conversation roulait sur les gentillesses de
Germaine, Suzon ne manquait jamais de placer ses mains
sur sa tête, l'une au-dessus de l'autre, en tenant les deux
pouces en l'air, ceci signifiant le *nec plus ultra* de l'admiration, après quoi il n'y avait plus qu'à tirer l'échelle...
ou la langue; et Suzon, après s'être fortement regimbée,
accomplissait maintenant ce dernier acte de civilité,
avec plus d'aisance et d'à-propos qu'aucun des autres
voyageurs.

Cependant, on résolut d'éviter les tentes noires; et

Akampa se chargea seul, désormais, d'aller quérir des vivres dans les villages et campements de nomades.

Les chameliers, largement récompensés, reprirent le chemin de leur pays. Akampa fit l'acquisition de quelques ânes pour porter les bagages, bien amoindris, d'ailleurs, car les provisions étaient toutes consommées.

On décida que toute la caravane n'entrerait pas à Lassa.

On choisit une vallée déserte, pourvue de pâturages. Georges, dont les yeux bleus et les cheveux blonds auraient aisément trahi l'origine, s'y établit avec Jacques, le valet de chambre de M. Lebon, qui se décida, vu l'urgence, à faire momentanément le sacrifice de ce dévoué serviteur.

Ils se chargèrent de la garde des animaux et de quelques objets qu'on jugeait préférable de ne pas emporter à Lassa : entre autres, les vêtements européens, et les notes de voyage de Pierre.

Donc, M. Lebon, le docteur, Marthe, Suzon, accompagnés d'Akampa, montés sur cinq ânes, tandis que cinq autres portaient les bagages indispensables, se dirigèrent vers Lassa en suivant des chemins de traverse, désirant éviter la grande route... Tamerlan suivait à pied.

En ce moment, la grande route était encombrée par une foule considérable de lamas qui se rendaient à Lassa pour assister à la fête du Lha-sa-Mouron.

La ville regorgeait d'étrangers, ce qui parut être pour nos voyageurs une circonstance favorable.

Après avoir dépassé les monts Sanctyn Kansyr et les monts Djok-so-la, on descendit enfin dans la vallée de Lassa.

VI

La ville de Lassa est située à une haute altitude, puisque, d'après les Pandits, cette altitude serait de 3,500 mètres. Elle est arrosée par la rivière Oui-Mourou, ou Kit-Chiou.

Les campagnes environnantes sont habitées par des Thibétains cultivateurs ; les maisons remplacent les tentes noires, et les nomades disparaissent pour céder la place aux populations agricoles.

Ces maisons, disséminées dans les champs, sont vastes, couvertes de terrasses, et environnées d'arbres ; chaque habitation porte une petite tour, chargée de banderolles de couleurs variées, couvertes d'inscriptions ou prières.

La formule, toujours la même, gravée avec profusion partout, se retrouve continuellement sur les lèvres des Thibétains : *Om, mani, padmé, houm !*... O le joyau dans le lotus !... et par abréviation on appelle cette formule : *mani.*

Les *mani* s'offrent donc aux yeux de tous côtés. C'est la prière universelle. Quel sens peuvent recéler ces quatre mots? Nous laisserons de plus compétents que nous en rechercher les mystères.

La ville de Lassa (c'est-à-dire, en thibétain, *séjour de la divinite*), apparut bientôt aux regards, dominée par la colline appelée Boudda-la, surmontée elle-même du palais du dalaï-lama, qui plane majestueusement sur la capitale du Thibet. Toutes les maisons, blanches et terminées en terrasse, portent des tourelles, et sont entremêlées d'une multitude de temples, dont les toitures dorées étincellent au soleil ; des arbres nombreux et centenaires forment à la cité lamaïque un cadre majestueux et verdoyant, qui n'est ni rétréci, ni attristé par des remparts (1).

Akampa jugea utile de pénétrer le premier dans la ville, afin de prendre langue, et de louer des logements pour ses compagnons de route.

Il revint le lendemain, et annonça qu'il avait loué deux logements, le premier pour Marthe et Suzon, dans un faubourg un peu retiré, le second pour ces Messieurs, au cœur de la cité.

Cependant, ces deux logements n'étaient pas très éloignés l'un de l'autre, et il serait facile de se réunir.

Donc, à la tombée de la nuit, nos quatre personnages, suivis de Tamerlan, entrèrent paisiblement dans la ville lamaïque.

C'était l'époque du renouvellement de l'année thibétaine, ce qui est l'occasion de grandes fêtes et..... de grand nettoyage.

On pétrit des fleurs de beurre frais pour orner les sanctuaires domestiques, on fourbit, on balaie ; tout change d'aspect, car d'une année à l'autre, la poussière s'accumule à son aise, la propreté n'étant de mise qu'en ces jours-là.

La ville se présentait donc sous un aspect de fraîcheur

(1) D'après de récents renseignements, il y aurait peut-être aujourd'hui des remparts autour de Lassa.

et de bon entretien, fait pour réjouir des yeux accoutumés, depuis de longs mois, à l'affreuse malpropreté des
tentes de nomades.

Les rues de Lassa sont larges, droites, bordées de

hautes maisons blanches, agrémentées de bandes rouges
et jaunes (couleurs lamaïques).

On y voit aussi des quartiers entiers bâtis en cornes :
cornes blanches de bœufs et cornes noires de moutons,
solidement cimentées, sont disposées en dessins élégants,
formant des façades d'une rare originalité.

Le palais du dalaï-lama est situé sur une colline conique, qui s'élève au nord de la ville. On y arrive par deux avenues plantées d'arbres magnifiques. Le dôme de ce palais très élevé, est couvert de lames d'or ; autour sont groupés des palais secondaires, habités par la nombreuse cour du souverain bouddhiste.

Les rues de la ville, habituellement encombrées d'étrangers venant de toutes les parties de l'Asie, étaient en ce moment animées au plus haut point par des marchands et des pélerins ; il fut aisé à nos voyageurs de circuler au milieu de tout ce public affairé, sans attirer le moins du monde l'attention.

Enfin les deux femmes furent introduites dans leur petit logement, composé de deux pièces, sans meubles et sans cheminée ; car la cheminée est un luxe inconnu à Lassa.

Un plat, rempli d'argols, est posé au milieu de la pièce, et la fumée s'échappe comme elle peut, par un trou pratiqué au plafond.

Puis Akampa conduisit ces Messieurs à leur domicile.

Marthe et Suzon déroulèrent les couvertures, et s'asseyant à terre, auprès du feu d'argols, elles se crurent l'objet d'un rêve.

Elles, ces deux filles de la civilisation française, ces deux Parisiennes, elles étaient en chair et en os, à Lassa, dans la métropole du bouddhisme, au centre de l'immense Asie, dans une cité fermée aux Européens, et où certes jamais Française n'avait encore mis les pieds !

Comme elles se sentaient loin de la Patrie, matériellement et moralement, au milieu de ces populations étranges!

Et tous les incidents de ce long et périlleux voyage tournoyaient dans leur esprit; c'était à en avoir le vertige. Suzon se tâtait pour s'assurer que c'était bien elle, Suzon, jadis fille de ferme en Normandie, assise aujourd'hui devant ce feu d'argols, dans cette maison thibétaine.

— Suzon, dit Marthe, remercions Dieu de la protection évidente qu'il nous a accordée, et prions-le de nous exaucer jusqu'à la fin. Puis nous tâcherons de dormir ; demain nous verrons ce qu'il y aura à faire.

Le lendemain, par les soins d'Akampa, un petit mobilier fut apporté à Marthe, c'est-à-dire une table et quelques écuelles, les caisses et les couvertures servant de lit et de sièges.

Akampa raconta ce qu'il avait pu recueillir des bruits de la cité.

Il faut savoir que le dalaï-lama règne et ne gouverne pas. Ce haut personnage reçoit les adorations de ses sujets, et des pélerins ; mais il ne s'abaisse guère aux choses terrestres. Le pouvoir appartient, en réalité, à un second souverain, nommé à vie et appelé *nomekkan*, lequel dirige les affaires de l'Etat, avec le concours d'un ministère.

Il ne faudrait pas conclure de ceci que le gouvernement de Lassa soit un gouvernement constitutionnel ou parlementaire. Il n'y a ni chambre des députés, ni sénat, ni suffrage universel.

Le nomekkan est un lama. Les ministres sont au nombre de cinq. Il y a les kalouns des finances, des domaines, de l'intérieur et de la justice ; ils sont laïques. Le kaloun du culte est un lama.

Il n'y a d'ailleurs guère d'autre loi existante que le bon plaisir de ceux qui tiennent les rênes du char de l'Etat.

Il y a en outre à Lassa un chef chinois appelé *Amban*, lequel a et cherche, par tous les moyens, à avoir de l'influence sur un gouvernement tributaire de la Chine, et appartenant tout au moins nominalement à l'empire chinois.

Or, depuis près d'un an, le nomekkan était atteint d'une maladie mentale, que les médecins thibétains ne désespéraient pas de guérir ; et, en attendant, le pouvoir appartenait au premier kaloun, avec le titre de régent ; c'était un laïque.

Akampa avait appris que cet évènement était arrivé peu après l'arrestation de Pierre ; que, dans l'émotion qu'il avait occasionnée, le jugement du prisonnier n'eut pas lieu, et on paraissait l'avoir oublié dans sa prison.

Car, si Pierre avait comparu devant les trois juridictions de Lassa, il eut probablement été condamné, sinon à mort, du moins à la perte d'une main.

Et d'un moment à l'autre, le régent pouvait se souvenir de l'affaire, et traduire Pierre devant le premier tribunal composé de trois juges.

De là Pierre pouvait en appeler au tribunal supérieur, puis au premier kaloun lui-même, ce qui donnerait quelques délais.

Le docteur était allé faire le tour de la prison, et il était revenu l'oreille basse.

La hauteur des murs et la mine des geôliers l'avaient jeté dans le découragement.

Il se creusait la tête pour trouver le moyen de faire savoir à Pierre qu'ils étaient là, tout prêts à tenter l'impossible pour sa délivrance....

Mais le moyen ne se trouvait pas.

Retirée dans sa demeure, et se mêlant peu à la foule, Marthe étonnait ses amis par son calme. Malgré tout, elle était dominée par l'espoir et la confiance ; elle attendait..... prête à agir selon les circonstances.

Suzon se modelait sur sa maîtresse, en apparence tout au moins.

Cependant la fête du Lhassa-Mourou battait son plein. Les bateleurs et les comédiens donnaient des représentations sur les places publiques ; les enfants réunis par groupes, exécutaient des pas et des chants qui ne manquaient pas de grâce, tandis que les grelots attachés à leurs vêtements composaient un accompagnement original.

La première nuit de l'année, tout le monde est sur pied à Lassa, et les amis se succèdent chez les amis. On leur tire la langue, et on leur offre de grosses dragées, fabriquées avec du miel et de la farine, nageant dans de l'eau bouillante, et qu'on saisit avec une longue aiguille.

Le second jour, les bons bourgeois, armés d'un pot de thé beurré, et d'un plat doré couvert de farine de dzamba, se rendent de maison en maison pour offrir leurs vœux aux amis et connaissances, lesquels, en gens de bonne éducation, doivent accepter une écuelle de thé, un peu de dzamba, et leur en offrir à leur tour.

Enfin tous les lamas de la contrée arrivent à Lassa. C'est à proprement parler ce qu'on appelle le Lhassa-Mourou.

Ces personnages, tous vêtus de Pou-Lou rouge, se casent comme ils peuvent, et même logent sous la tente ; le but de leur voyage est de faire un pèlerinage au couvent bouddhique de Mourou situé au centre de Lassa, et d'aller vénérer le dalaï-lama. Ces fêtes durent six jours, elles sont accompagnées d'un bruit et d'un tumulte assourdissants, car, malgré le but religieux de leur voyage, les lamas ont l'habitude de se quereller, de se bousculer en parcourant les rues, et en arrivent aux coups de poing et aux batailles.

Les lamas ne sont d'ailleurs nullement tenus à la résidence dans leurs lamaseries. Ils doivent faire acte de présence pendant vingt-trois jours seulement disséminés dans l'année. Ils emploient à leur guise le reste de leur temps, travaillent ou sont oisifs, font le commerce, l'usure, ou mendient, voyagent ou demeurent au logis, absolument à leur gré ; il faut ajouter que la plupart d'entre eux sont peu recommandables.

A force d'argent, Akampa parvint à procurer aux voyageurs de la viande de bœuf et de porc.

Les denrées sont extrêmement chères à Lassa. La cause en est simple. Les métaux, et les métaux précieux, l'or, l'argent abondent dans le Thibet ; mais c'est une richesse factice ; et la vraie richesse, celle des produits agricoles, fait défaut ; il y a donc dépréciation des valeurs monétaires. De plus, l'or et l'argent sont absorbés par les lamaseries ; les lamas reçoivent des dons volontaires qu'ils font fructifier par des procédés tellement usuraires, que les Chinois eux-mêmes s'en scandalisent. De tout ceci, il résulte que la misère est grande à Lassa, et que les vivres y coûtent un prix exagéré ; du reste, riches et pauvres ne se nourrissent guère que de thé et de dzamba pétri avec les doigts dans l'écuelle. La viande se mange comme hors-d'œuvre, comme friandise, crue ou bouillie.

Les jours s'écoulaient ; un calme relatif était rentré dans la ville ; les voyageurs ne sortaient généralement qu'à la nuit tombante ; personne ne se doutait de leur présence à Lassa ; mais ils n'en étaient pas plus avancés. Le prisonnier ignorait tout.

Entre temps, M. Lebon et le docteur étudiaient les mœurs des habitants de Lassa. Le résultat de leurs observations était destiné à former un volume dont la publication aurait assurément un grand succès auprès du public français.

Ils purent, d'ailleurs, vérifier *de visu* l'exactitude de la relation du Père Huc.

Donc, ces Messieurs commencèrent par remarquer le caractère cosmopolite de la population, tout le monde était admis à Lassa, sauf les hommes du ciel d'Occident.

On y voit (et nous ne parlons ici que de la population fixe) des Thibétains, d'abord, cela va sans dire ; puis des Chinois, des Péboun, et des Katchis.

Les Chinois sont suffisamment connus.

On appelle Péboun, des Indous établis à Lassa, et y exerçant, pour la plupart, les métiers métallurgistes.

Ces Indous, toujours vêtus d'habits violets, portent un bonnet de feutre, également violet. Chaque matin, ils se marquent au front d'une tache rouge. On trouve parmi eux des orfèvres distingués, dont les bijoux seraient admirés à Paris. Enfin, les Péboun exercent aussi la profession de teinturiers ; et nos teinturiers parisiens auraient peut-être besoin de leurs leçons, car, à Lassa, les étoffes s'usent, mais ne se décolorent jamais.

Ils professent le bouddhisme indien, antérieur à la réforme de Tsong-Kaba, laquelle est en vigueur au Thibet. Mais cette divergence ne les empêche pas d'adorer le Dalaï-lama, comme les Thibétains d'origine.

Les Katchis sont des Musulmans kachemiriens établis à Lassa depuis plusieurs siècles. Ils sont régis par un gouverneur particulier, pratiquent toujours leur religion, et méprisent ouvertement le bouddhisme. Aussi les considère-t-on comme des impies. Mais les Katchis sont pour la plupart riches et puissants, et les plus fervents bouddhistes leur cèdent le pas en leur tirant la langue. Ces Musulmans exercent la profession d'agents de change, et font le commerce des objets de toilette et de luxe.

Les Chinois sont, généralement, des employés ou des militaires.

Quant aux Thibétains proprement dits, ils s'occupent

de la fabrication des *Tsam-hiang*, ou parfums du Thibet.

Ils exportent en Chine ces bâtons d'odeur qui sont l'objet d'un commerce important.

Ils exercent aussi le métier de tisserand ; les étoffes de laine fabriquées par eux et appelées *pou-lou*, sont très solides, et varient des qualités les plus grossières jusqu'aux tissus les plus fins.

Quant aux étoffes de soie, dont les riches font usage, elles sont importées à Lassa, quoique le mûrier croisse à l'état sauvage au Thibet ; mais l'élevage des vers à soie comporte une multitude de meurtres, puisqu'il faut faire périr la chrysalide ; le scrupule bouddhiste s'oppose donc à ce genre d'industrie.

Du reste, les femmes thibétaines sont plus actives que leurs maris.

Non contentes de diriger leur intérieur, elles se livrent au commerce, et on peut même dire que toutes les boutiques de détail, et la vente sur la voie publique, sont leur spécialité exclusive.

Enfin, l'écuelle en bois étant le meuble indispensable de tout Thibétain, sa fabrication occupe beaucoup de bras. On en voit de tous les prix, prix exorbitant pour les unes, et insignifiant pour les autres. On prétend, d'ailleurs, que le poison perd sa vertu dans certaines écuelles de première qualité.

La ville de Lassa possède un nombre incalculable de chiens.

Partout le chien est l'ami de l'homme. Mais il y a différentes manières de comprendre l'amitié. Ici, le chien est surtout respecté en vue de la mort.

Ceci demande une légère explication :

On saura donc que les bouddhistes thibétains n'enterrent pas les morts.

Les parents du défunt ont le choix entre quatre genres
de sépulture : Il y a l'incinération et le lit des rivières. Il
y a aussi l'air libre dans la montagne où les vautours

Femme de Lassa.

devancent la décomposition. Enfin il y a le chien. Et ceci
est ce qu'on estime le meilleur et le plus distingué.

Donc, on élève dans une lamaserie un régiment de
chiens sacrés, dont les fonctions consistent à servir de
tombeau aux morts appartenant à la bonne société. On
apporte ceux-ci dans ce cimetière d'un nouveau genre, et

même, dit-on, les corps sont coupés en morceaux avant d'être dévorés.

Quant aux chiens errants, ils ont pour partage la gent plébéienne.

Un jour, nos quatre voyageurs devisaient devant le feu d'argol, lorsque Akampa entra :

— Quelle nouvelle ? fit le docteur.

— Le fils unique du régent est atteint d'une maladie très grave ; tous les médecins ont déclaré qu'il n'y avait pas de remède et que l'enfant est perdu. La désolation règne dans le palais.

— Qu'a-t-il ? demanda le docteur subitement intéressé.

— Une toux qui le suffoque. Déjà plusieurs enfants de Lassa ont péri victimes de cette maladie contre laquelle les médecins ne connaissent aucun remède.

Le docteur bondit.

— C'est le salut !... s'écria-t-il, et, prenant sa cassette de médicaments, il sortit, comme un fou, sans entendre les questions et les appels de ses amis.

Ceux-ci se regardèrent avec stupéfaction.

— Le chrétien du ciel d'Occident va tout perdre ! gémit Akampa. On le reconnaîtra !...

— Akampa, je t'en prie, va voir ce qui se passe, dit Marthe.

— Le docteur a peut-être une bonne inspiration, je vais sortir avec Akampa ; ne vous tourmentez pas trop, Madame, et priez toutes deux.

En achevant ces mots, M. Lebon s'enveloppa de son manteau, rabattit son bonnet fourré sur son visage et quitta la pièce.

Il faut dire que ces Messieurs avaient laissé pousser

leurs cheveux, et les disposaient en exagérant la mode thibétaine qui les ramène sur les yeux.

Cependant, le docteur était entré dans le vestibule du palais où régnait un désarroi général. L'enfant malade était le seul et dernier fils du kaloun qui en avait déjà perdu quatre.

Il s'adressa délibérément à un officier de la maison du premier ministre.

— Dis à Son Excellence le Régent que je suis médecin, et que je possède un remède qui guérira son fils.

Et comme l'officier considérait cet inconnu avec une certaine hésitation :

— Hâte-toi!... ou il sera trop tard.

L'officier alla prévenir le kaloun qui ordonna de faire entrer ce nouveau médecin.

Le malheureux père regarda cet homme qui prétendait sauver le seul enfant qui lui restât.

Le docteur soutint ce regard avec assurance.

— Suis-moi, fit brièvement le prince.

Il emmena le docteur dans une pièce au fond de laquelle un jeune garçon se débattait dans un accès de toux croupale ; il était atteint de diphtérie. Le diagnostic n'était pas difficile à établir.

— Je me charge de soigner ton fils, déclara le médecin d'un ton assuré.

— Si tu le guéris, ma reconnaissance sera éternelle.

— Il me faut un auxiliaire, répliqua le docteur ; envoie chercher le prisonnier Daur. Il connaît les secrets de mon art, et je veux avoir son concours. Lui et moi, nous ne quitterons le malade qu'après son entière guérison.

Le docteur n'en revenait pas, *in-petto*, de son audace.

Le régent parut au comble de la surprise.

— Le prisonnier Daur !... D'où le connais-tu ?... pourquoi ?

— Envoie-le chercher, interrompit le docteur d'un ton qui n'admettait pas de réplique, et hâte-toi, le temps presse !

L'angoisse du père était telle qu'il céda à cette étrange exigence, et ordonna d'aller quérir le prisonnier.

— Promets-tu de guérir mon fils ? s'écria-t-il.

— Je l'espère fermement.

— Guéris-le, et je te donnerai tout ce que tu demanderas.

— Je ne veux ni or, ni argent. Si l'enfant guérit, tu rendras la liberté au prisonnier Daur.

Le prince fronça le sourcil et regarda fixement le docteur.

— Qui es-tu donc pour t'intéresser de la sorte à cet étranger qui a violé les lois du royaume ?

— Peu importe, j'ai dit !...

— Tu me demandes une chose exorbitante... crois-tu d'ailleurs que cela soit en mon pouvoir ?

— Tu es le maître ici et tout dépend de ton bon plaisir. Tu n'as qu'à ordonner, tes sujets obéiront !... Si l'enfant guérit, Daur sera libre !...

— Que signifie cette insistance ?... Qui me prouve d'ailleurs tes capacités médicales ?... as-tu étudié à Gounboum ?...

— Excellence, je te ferai observer que le temps passe, et que ton fils peut mourir pendant que tu discutes une science dont tu verras la preuve.

Le père prit peur et l'emporta sur l'homme politique. Il avait cru comprendre que ce médecin singulier refuserait de guérir son fils s'il ne lui accordait pas sa demande.

Il se trompait. Cette pensée n'était pas venue au docteur, et sa conscience ne lui eût pas permis de laisser mourir un malade qu'il pouvait sauver.

— Je cède à tes instances, dit-il enfin. Le prisonnier sera libre si l'enfant guérit... Mais malheur à toi si tu es un conspirateur!... Du reste, je t'en préviens, ta vie me répondra de la vie de mon fils.

— J'accepte, répondit froidement le docteur.

En attendant l'arrivée de Pierre, le docteur fit transporter l'enfant dans une chambre écartée, y établit un isolement absolu, et mit en œuvre les antiseptiques et les désinfectants les plus énergiques, puis il chassa tous les assistants.

— Moi seul et mon aide, nous resterons avec le malade, dit-il d'un ton d'autorité.

Le père voulut résister à cette nouvelle exigence; mais le docteur se sentait maître du terrain, il tint bon.

Pierre entra.

Le docteur s'aperçut immédiatement qu'il n'était pas reconnu, et il résolut de ne pas se faire reconnaître encore.

Donc il expliqua à son aide, en se servant de la langue thibétaine, qu'il l'avait fait demander pour soigner l'enfant, et que sa liberté serait le prix de la vie du petit malade.

Puis il se mit à l'œuvre.

Une injection de sérum fut pratiquée au patient.

Pierre se croyait le jouet d'un rêve. Que signifiait cette promesse?... Et ce médecin thibétain, un ignorant, un empirique, qui connaissait et appliquait, avec une rare intelligence, les découvertes les plus récentes de notre thérapeutique?... C'en était trop pour sa tête affaiblie... ne serait-il pas devenu fou dans les angoisses de la captivité?...

Et il aidait machinalement le docteur, sans comprendre.

Quand, après les premiers soins, on laissa quelques instants de repos au malade, le docteur entraîna Pierre au fond de la pièce, et dit en français et à voix basse:

— Pierre, ne me reconnaissez-vous pas?

— Eh! qui êtes-vous donc? murmura le malheureux, cette voix ne m'est pas inconnue?... ah! je rêve!... où suis-je donc ?...

Le docteur releva les cheveux qui lui couvraient le front, et regarda le prisonnier.

— Docteur!... quoi!... c'est vous!... oh! non, c'est impossible!... ma raison s'égare!...

— Chut!... chut!... oui, c'est moi, moi qui cours après vous par monts et par vaux, depuis plus d'un an!

Pierre était totalement abasourdi.

— Vous!... vous ici!... ah! donnez-moi des nouvelles de Marthe !...

— Marthe!... elle va bien !... Ecoutez-moi, Pierre, êtes-vous fort?... assez fort pour surmonter silencieusement une grande émotion?

— Ah !... Marthe est morte!...

— Allons!... puisque je viens de vous dire qu'elle se porte bien!... Pierre!... écoutez-moi... Marthe est à Lassa!

— Marthe!... oh! fit-il en se couvrant le visage de ses mains, Dieu est bon!...

Et ses larmes coulèrent... Le docteur ne put retenir les siennes...

— Germaine?...

— Germaine est le plus gracieux chérubin que la terre ait porté ;... elle est restée avec votre mère !...

— Pauvre mère!...

— Mon ami, il s'agit maintenant de gagner la partie... et il s'agit encore plus de sauver le malade, c'est une question d'humanité, reprit le docteur en s'approchant de la petite couche.

Et les heures de la nuit se succédèrent l'une après l'autre. Le docteur réfléchissait.

— Non, tout n'était pas fini !

Le kaloun avait paru trouver ses exigences bien

étranges. Il l'avait regardé fixement. Et malgré son apti-
tude merveilleuse pour la langue thibétaine, le docteur
gardait un accent quelque peu exotique. Si le régent allait
découvrir sa nationalité, tout serait perdu!... Et même
si l'enfant guérissait, tiendrait-il sa promesse?

Enfin, le docteur redoutait la contagion. Il se trouvait
dans l'obligation d'y exposer Pierre! S'il allait prendre
la diphtérie et succomber!... A la vérité il y avait le
sérum...

De plus, le docteur jouait sa tête, car l'enfant pouvait
mourir; mais on ne pense pas à tout et, il faut bien le
dire, les autres préoccupations l'assiégeaient tellement
qu'il en oubliait ce dernier détail.

Et plus les heures s'écoulaient, plus l'avenir lui semblait alarmant.

Pendant que le docteur s'abandonnait ainsi aux plus
terribles craintes, à Paris, vu la différence du méridien,
c'était le moment du coucher de Germaine.

Et, sous le regard humide de l'aïeule, la petite fille
redisait de sa voix argentine:

— Bon Jésus, ramenez papa et maman!

Et le docteur finit par où il aurait dû commencer.

On jouait quitte ou double, mais les atouts étaient aux
mains de la Providence.

Il était d'ailleurs prisonnier avec Pierre, car de nombreuses sentinelles gardaient toutes les issues de la
chambre de l'enfant.

Le lendemain, l'état du malade ne s'était pas amélioré;
on pratiqua une seconde piqûre de sérum.

Le jour suivant le mal parut commencer à céder, mais
le docteur ne pouvait se prononcer encore.

Cependant, toute la ville savait qu'un médecin inconnu
de tous ses confrères de Lassa, s'était engagé à guérir le
fils du régent.

On savait également que l'étranger qui expiait dans les
prisons du dalaï-lama, le crime de s'être introduit dans
la capitale, avait été conduit au palais pour coopérer à
la guérison de l'enfant.

La population stationnait aux alentours, avide de nouvelles, car le premier kaloun était aimé des Thibétains.

Des bruits, tantôt alarmants, tantôt favorables, circu-
laient de bouche en bouche, et se répandaient dans la
cité.

De sa retraite, Marthe était donc renseignée sur ce qui
se passait. Elle avait compris ! La dernière carte se jouait.

Les deux femmes priaient jour et nuit. Marthe était
concentrée et silencieuse, touchant à peine aux repas que
Suzon, toujours pratique, quelles que fussent les circonstances, cherchait à varier la nourriture autant que le
permettait la difficulté des approvisionnements.

Certes, si cette situation devait se prolonger, la jeune
femme succomberait physiquement, et peut-être même,
sa raison serait-elle ébranlée !

Et, toutes les nuits, la pauvre fille pleurait à chaudes
larmes, sans bruit ; elle se sentait à bout ; la contrainte
qu'elle s'imposait le jour la tuait.

Car elle voyait d'ailleurs les choses en noir, et s'attendait à être massacrée avec ses compagnons.

Pour elle-même, le sacrifice serait facile, mais Marthe !
mais la pauvre petite orpheline !... cette Germaine dont
les sourires et les saillies avaient charmé, pendant les
rudes nuits d'hiver sous la tente, les rêves de la pauvre
fille !

Cependant, au bout d'une semaine, le docteur déclara
que l'enfant était hors de danger.

Et, accompagné de Pierre, il ne tarda pas à le remettre
aux mains de son père, ivre de joie.

— Excellence, voici ton fils, il est guéri... je compte sur ta parole...

Le régent ne répondit pas, et il y eut un silence.

— Je t'ai promis une chose bien difficile...

— Tu es tout-puissant, et, je le répète, j'attends l'exécution de ta promesse.

Enfin le kaloun se tourna vers Pierre :

Les Temples de Bouddha à Lassa.

— Sois libre ; jure-moi de quitter sur-le-champ Lassa, et de n'y jamais revenir !...

— Tu as ma parole, Excellence.

— Et toi, fit le régent en regardant le docteur, réponds-moi la vérité. Je veux savoir où tu as étudié la médecine ?

— Tu veux le savoir ?... Eh ! bien, non ! je ne me sauverai pas par un mensonge !... Apprends donc que celui qui a guéri l'enfant que tous tes médecins déclaraient perdu, est un homme des pays de l'Occident, comme Pierre !... maintenant, libre à toi de faire périr celui auquel, après le Seigneur du Ciel, tu dois la vie de ton fils !

— Un homme du ciel d'Occident !... qui a pénétré à Lassa !...

— Heureusement pour ton fils !!!

— Ah ! dans quel embarras tu me places !...

Il y eut un long silence... Le kaloun regarda autour de lui. Ils étaient seuls.

— Partez tous les deux, et donnez-moi votre parole de ne jamais revenir !

On sut bientôt que le fils du kaloun était sauvé, et de joyeuses clameurs retentirent dans toutes les rues, montant jusqu'aux oreilles des deux Françaises qui se demandaient ce qu'elles devaient craindre ou espérer.

Pendant qu'elles écoutaient anxieusement, cherchant à interpréter les rumeurs de la foule, M. Lebon entra, essoufflé.

— L'enfant est guéri !

— Et ensuite ?... demanda Marthe d'une voix étranglée.

— Et ensuite ! mais, Madame, ne vous attendez-vous pas à une bonne nouvelle ?...

— Pierre ?... Pierre ?...

— Il est libre !...

Marthe et Suzon tombèrent à genoux, au pied du petit crucifix qui protégeait leur pauvre asile.

Au bout de quelques instants, Marthe se leva et tendit la main à M. Lebon.

— Après avoir remercié Dieu, je vous remercie, Monsieur !

Puis, elle se tut, car les joies profondes, comme les grandes douleurs, sont souvent muettes.

M. Lebon avait les yeux pleins de larmes.

— Madame, ce n'est pas à moi que doivent s'adresser vos remerciements ; qu'ai-je fait ?... Le docteur est le véritable agent de la délivrance de M. Daur, et, si j'en crois certaines rumeurs, il aurait joué sa vie !...

— Joué sa vie !... Oh ! mon bon docteur !... Quel père il a toujours été pour moi !... Où est-il ?...

— Je dois ajouter, Madame, que vous ne pourrez pas voir M. Daur à Lassa. En ce moment même, une escorte armée l'emmène ainsi que le docteur, qui a, dit-on, révélé sa nationalité au régent. Tous deux seront conduits ainsi jusqu'à Tsiamdo. Il faut donc que nous partions nous-mêmes. Akampa ira chercher votre frère et Jacques. Ils doivent être fort anxieux, puisque nous n'avons pu leur faire parvenir aucune nouvelle ; nous les rejoindrons à deux journées de Lassa, et ferons ensemble le voyage de Tsiamdo.

— Partons ! dit Marthe dont la fermeté native reprenait le dessus.

— Demain, Madame, si nous sommes prêts.

— Demain, soit ! Et toi, ma pauvre Suzon, tu pleures !

— C'est de joie !... Ah ! Madame, quel poids de moins ! plus de cent livres ! fit-elle en respirant largement, et en posant ses mains ridées sur sa poitrine ; chère Germaine, le bon Jésus lui ramènera papa et maman !

— Tout n'est pas terminé, mais le plus terrible est fait, dit M. Lebon. Je vais rejoindre Akampa pour hâter nos préparatifs. Les vôtres ne seront pas longs, ajouta-t-il en inspectant, avec un sourire, le mobilier sommaire du logement. En voyage, on apprend à se dégager de mille besoins qui semblaient indispensables.

Et sur cette réflexion pratiquement philosophique, M. Lebon sortit . . . .

Germaine grandissait, tandis que les cheveux de sa grand'mère se couvraient de neige.

La petite fille, inconsciente du malheur qui planait sur son enfance, s'éveillait à la vie, gaie et sautillante comme les petits oiseaux qu'elle se plaisait à rassasier de miettes de pain et de grain jeté à la volée.

Son père, elle ne l'avait jamais connu. De sa mère, elle gardait un souvenir vague, voilé sous les brumes de sa jeune mémoire, souvenir entretenu par les récits de l'aïeule, et par la prière de chaque jour.

Elle attendait donc, joyeuse et confiante, de cette confiance absolue du petit enfant, le retour de ce papa et de cette maman, dont grand'mère ne cessait de parler, avec des larmes dans les yeux. D'ailleurs, Madame Daur remplissait, auprès d'elle, toutes les fonctions maternelles, l'enfant se sentait heureuse, et ses petites caresses aidaient la pauvre femme à porter le lourd fardeau de l'incertitude... et quelle incertitude !

L'enfant connaissait déjà ses lettres. L'ambition de surprendre papa et maman, l'emportait sur l'amour du jeu. De plus, chaque jour, gravement assise sur un petit tabouret, aux pieds de grand'mère, Germaine faisait, ou croyait faire, une demi-douzaine de points de tapisserie, généralement très fantaisistes ; ce beau travail devait, à la longue, aboutir à un dessous de lampe pour maman.

Cependant, la lettre transmise à Sinin, par les soins du missionnaire, avait appris à Madame Daur que son fils était prisonnier à Lassa, et que les voyageurs allaient tenter de le délivrer.

Tout était donc à espérer, ou à craindre,... à craindre surtout, se disait la pauvre mère ; ce qui était écrasant, c'est qu'elle ne recevait, ne pouvait plus recevoir de nouvelles.

Elle n'ignorait pas les terribles dangers qui menaçaient évidemment Marthe et ses compagnons... Le temps se passait... les jours se suivaient, lourds et monotones.

Les éclats joyeux de la gaieté de Germaine amenaient quelques rayons de soleil, promptement voilés... des amis dévoués tâchaient de distraire la pauvre femme; elle s'y prêtait en apparence, par reconnaissance pour leurs efforts.

Et tous les jours, en voyant entrer dans l'église cette dame si affaissée sous son crêpe, on se rangeait avec respect. Les habitués de la maison de Dieu avaient fini par savoir son histoire, et toutes les sympathies entouraient sa douleur . . . .

. . . .

Le lecteur suppose sans doute que Georges ne s'amusait guère dans sa vallée déserte, passé maître berger ou gardeur de bestiaux. A la vérité, il profitait de ce repos forcé pour coordonner ses notes de voyage, travail qui avait le bon résultat de le distraire de ses anxiétés, car n'ayant reçu aucun avis de ce qui se passait à Lassa, il en était réduit aux conjectures.

Et les conjectures n'étaient pas toujours couleur de rose.

Par une après-midi ensoleillée, le jeune homme revenait d'une petite excursion dans les gorges pittoresques du voisinage, chargé d'un beau lièvre, lorsqu'il aperçut Jacques qui accourait au-devant de lui.

— Monsieur, je viens de distinguer Akampa, là-bas, à l'entrée de la vallée. Il est seul !...

— Seul !... mais, êtes-vous bien sûr que ce soit lui ?

— Oh! je l'ai parfaitement reconnu. D'ailleurs, il est monté sur son grand âne noir.

L'âne noir d'Akampa était effectivement un vrai géant de la race des ânes.

— Allons au-devant de lui. Que peut-il s'être passé ?

— Il y a sans doute du nouveau ; et on l'aura chargé de venir nous le dire.

— Hum !... fit Georges devenu soucieux.

C'était bien lui, le brave et dévoué Akampa. Et se doutant de l'émoi causé par son apparition, il entonna un chant joyeux, en faisant de grands gestes.

— Allons, fit Georges, un peu rassuré. L'ami Akampa est tout guilleret. Cela doit marcher.

Le Mongol approchait.

— Sauvé !... sauvé !... cria-t-il à tue-tête dès qu'il fut à portée de la voix.

— Dieu soit loué ! s'écrièrent Georges et Jacques.

Le jeune chrétien raconta ce que nous savons déjà. Il était rayonnant.

— Je suis chargé de vous dire de rejoindre la dame du ciel d'Occident et ses compagnons, sur la route de Tsiamdo, à deux journées de marche d'ici, dit Akampa en terminant son récit.

Georges avait écouté avec une émotion croissante.

Il serra les mains du jeune homme.

— Akampa, tu nous as rendu un service immense, comment pourrons-nous te remercier ?

— Vous penserez quelquefois au pauvre enfant des tentes, lorsque vous serez de retour dans votre belle patrie !... Des frères doivent s'entr'aider !

— Tu dis vrai, Akampa. Plût au ciel que des hommes semblables à toi se trouvent sous toutes les latitudes !... Te plairait-il venir avec nous, pour voir ces contrées du ciel d'Occident, si différentes des terres qui t'ont vu naître ?

Un éclair brilla dans les yeux du jeune homme. Mais il répondit :

— Le fils de l'Orient a un vieux père, une vieille mère ; Dieu l'a placé sous les tentes... Il n'oubliera pas les hommes de l'Occident... Là-haut, il n'y a ni orient, ni occident, et les amis s'y retrouvent.

On leva le camp le jour même ; les animaux, bien nourris, bien reposés, fournirent de bonnes étapes, et le surlendemain, les deux groupes cheminaient, de concert, vers Tsiamdo, où Pierre et le docteur les avaient devancés.

Les costumes thibétains furent soigneusement emballés, et les voyageurs reprirent leurs vêtements primitifs.

Cependant, il s'agissait de traverser la province de Kham, province du Thibet oriental, assez mal connue, de gravir de nouveau des montagnes élevées sur lesquelles le froid sévissait avec rigueur quoiqu'on fût à la fin de mars. Mais, on s'aguerrit à tout ; d'ailleurs, quand le cœur est joyeux, les maux physiques semblent moins durs.

Les obos dressaient leurs pyramides ; la fameuse inscription : *Om, mani, padmé houm!* se rencontrait à chaque pas gravée sur des pierres : de temps à autre, on apercevait des lamaseries perchées dans la montagne ; on était toujours en pays bouddhiste.

Rencontrant, par-ci, par-là, des tentes noires, nos amis trouvèrent chez la plupart de ces nomades, un accueil bienveillant, des vivres, et des langues d'une affable longueur. On leur offrait cordialement le thé beurré et le dzamba ; les voyageurs s'efforçaient de ne pas remarquer l'absence totale de propreté qui distingue ces pauvres gens, et entraient le moins possible sous les tentes, Suzon surtout, mus par une prudence fort légitime.

Pendant qu'ils cheminaient ainsi dans la direction de Tsiamdo, nos voyageurs furent dépassés par deux cavaliers, lancés au grand galop, avec accompagnement des grelots attachés à leur ceinture. Ce fut une vision rapide, un tourbillon de poussière, une fusée argentine. M. Lebon reconnut en ces hommes des estafettes accélérées, chargées de dépêches pour Pékin. Ces coursiers voyagent jour et nuit, sans s'inquiéter des précipices et des sentiers périlleux. Ils font de très longs parcours, en changeant de chevaux de distance en distance. Ils observent un jeûne sévère, la veille de leur départ, et pendant tout le trajet, ils avalent seulement deux œufs à la coque à chaque relai.

— Cela ne vaut pas le train express, remarqua Georges. Nos employés des postes, tranquillement installés dans leur wagon, ne troqueraient pas contre leurs collègues du Thibet.

— Il est certain que c'est un terrible métier ; la plupart de ces courriers meurent jeunes, répondit M. Lebon.

— Pour cela, comme pour beaucoup d'autres détails, vive la France ! dit Marthe.

— Pourtant, reprit Georges, la tente noire, les troupeaux de yaks, les chèvres lilliputiennes et gracieuses, l'existence pastorale, ces familles isolées et perdues dans l'immensité des solitudes, leur vie si simple, si étrangère à tout ce qui préoccupe le monde civilisé, tout cela compose un ensemble dont la couleur locale n'est pas sans charme ; on se sent à mille lieues de notre xixe siècle.

— Monsieur Georges dit de bien belles choses, fit Suzon avec sa liberté ordinaire ; pour moi, des gens qui ne sont pas chrétiens et ne se lavent jamais, je n'y trouve rien de beau ! En France, on est propre, et je dis comme Madame, vive la France ! Quand je pense que j'aurai pu naître thibétaine nomade, et ne pas connaître le savon !...

— Suzon n'est pas en veine de poésie, aujourd'hui, dit Georges en souriant.

— Elle est en veine de vérité, répliqua Marthe, et comme moi, comme nous tous, elle remercie Dieu, assurément, de nous avoir fait naître Français et chrétiens. En voyant toutes ces pauvres créatures humaines, je ne

puis éprouver qu'un sentiment de compassion !... Ils sont
païens encore !...

La brave Suzon ne releva pas la réflexion de Georges,
qu'elle ne comprit peut-être qu'à moitié. Elle s'occupait
à cajoler Tamerlan qui sautillait autour des voyageurs.
Tamerlan était plus fringant que jamais. On eût dit que

La caravane passant le Mékong.

le gentil mouton voulait s'associer à sa manière à la joie
de ses maîtres. Et de fait, Tamerlan était devenu également cher à tous. Il serait un vivant souvenir des tribu-
lations de cet immense voyage, entrepris dans des conditions si difficiles, et touchant à son terme, à la satisfaction générale.

A son terme, entendons-nous ! On avait encore toute
la Chine à traverser. Mais qu'était-ce que cela après ce
qu'on avait subi, matériellement et moralement ?

Nous n'entrerons pas dans le détail d'étapes qui nous exposeraient à de fastidieuses redites. Et, nous n'en doutons pas, il tarde au lecteur d'arriver enfin à Tsiamdo avec les amis qui sont, peut-être, (est-ce une présomption de notre part ?) devenus aussi les siens. Donc, après avoir franchi gorges, cols, précipices et montagnes, neiges et ravins, un soir, un peu avant le coucher du soleil, la petite caravane arriva en vue de la ville de Tsiamdo.

Arrosée par les deux branches d'un fleuve qui s'appellera plus loin le Mékong et traversera une terre aujourd'hui française, le Cambodge, entourée d'une ceinture de hautes montagnes, Tsiamdo n'est pourvue d'aucune attraction pour les touristes. Avis à ceux qui, en ce temps de fièvre voyageuse, pourraient éprouver la tentation d'y porter leurs pas.

Cependant, comme toute règle comporte des exceptions, les amateurs de turquoises ne perdraient peut-être pas leur temps à Tsiamdo. Mais l'objectif de nos voyageurs n'étant pas l'acquisition d'un collier de pierreries, ce côté brillant de la cité asiatique leur échappa tout à fait.

D'ailleurs, nos amis ne songeaient guère à la petite ville, perdue dans ces régions où l'on ne va point, qui s'offrait à leurs regards... Que leur importait Tsiamdo ?... Ils songeaient à Pierre... et un peu aussi au docteur.

Il tardait à M. Lebon de connaître l'homme pour le salut duquel, lui... comme les autres... avait exposé sa vie... n'était-il pas, tout au moins, pour une part, dans le rachat de ce prisonnier, ce condamné, racheté, non à prix d'or, mais ce qui vaut plus, à prix de sueurs, de travaux, de périls ?

Et le bon Akampa palpitait aussi. Son extérieur fruste cachait un cœur capable de comprendre les nobles choses ; il avait voué à Marthe une réelle admiration, il lui tardait de jouir de son bonheur.

Depuis plusieurs jours déjà, comme jadis la femme du vieux Tobie, impatiente de voir arriver son fils, le docteur et Pierre se portaient sur une éminence dominant la route, et regardaient.

Jusque-là, à l'instar de sœur Anne, ils n'avaient vu que le soleil qui poudroie et l'herbe qui verdoie ; mais un soir ils aperçurent un point mouvant, puis un groupe... enfin, il n'y eut plus de doute... c'étaient eux !...

Pierre, amaigri, vieilli, presque méconnaissable, tant il avait souffert ; Marthe, brunie, hâlée, changée, elle aussi, par les labeurs de son long pèlerinage ; tous, tous, portant l'empreinte des fatigues subies, et des périls traversés, ils oublièrent, dans cette minute indicible, les misères effroyables dont cette heure bénie était le prix. La joie transfigurait ces visages émaciés !...

Ils étaient seuls, dans la campagne paisible ; spontanément, tous tombèrent à genoux. . . . .

. . . .

Après les premiers moments d'émotion, Pierre prit la parole :

— Marthe !... Mes amis !... car en présence d'un tel dévouement, je puis vous appeler de ce nom, vous que je ne connais pas encore !... Comment le pauvre prisonnier pourra-t-il s'acquitter d'une telle dette de reconnaissance ?...

— En étant heureux !... répondit M. Lebon.

— En ne nous séparant plus !... ajouta Marthe.

— Je m'en porte garant ! s'écria le docteur. Il ne fera plus l'école buissonnière !

— Manquerait plus que ça ! s'exclama Suzon. Quand on a une femme comme Madame, qui a traversé le pays des ours blancs ou noirs pour vous tirer de prison, et de plus un ange comme Germaine, on reste chez soi !...

— Vous aussi, bonne Suzon, vous avez exposé votre vie pour ma délivrance !...

— Et je serai récompensée par le bonheur de Monsieur, de Madame et de Germaine...

— Allons, fit le docteur, le dîner va se refroidir, entrons en ville ; nous achèverons de nous congratuler à table.

Et on prit ensemble le chemin de Tsiamdo.

VII

C'était dans une maison écartée, à l'extrémité de la ville de Tsiamdo.

Au milieu d'une vaste pièce, se dressait une table, servie presque à l'européenne.

Les dévoués serviteurs avaient déployé toute leur industrie, toute leur sagacité professionnelle, pour réunir les éléments d'un festin, rappelant les doux repas de famille dans la patrie lointaine. Volailles et gibiers, entremets et sucreries, tout en conservant un cachet de terroir, revêtaient les apparences et le goût de la cuisine française.

Car on célébrait une fête... présidée par Pierre.

C'était bien lui, le prisonnier, voué à la mort, ou tout au moins à une perpétuelle prison, à l'exil sans terme. Il était là, libre, l'âme débordante de joie.

Marthe, toute charmante sous le costume thibétain, faisait les honneurs avec une grâce parisienne que la vie nomade n'avait pas altérée.

Elle avait voulu paraître aux yeux de Pierre, revêtue de ce costume d'emprunt.

Costume qu'il devait garder précieusement comme le mémorial de ce que peut accomplir une femme à la hauteur de sa mission et de son devoir.

12

Tous les fronts rayonnaient ; les cœurs battaient à l'unisson de la joie, après avoir souffert ensemble dans l'épreuve.

Au dessert, Suzon parut, également vêtue en thibétaine, une théière à la main.

— Vive Suzon !... vive Suzon !... s'écria le docteur. Attendez un peu ! et il s'éclipsa un instant, puis revint avec un minuscule tonnelet en métal.

— Voilà !... voilà !... Vous vous demandiez ce que je cachais depuis notre départ, dans un rouleau de laine !... Du vin !... mes amis !... du vin de France !... du Château-Margaux... 1882 !... Je suis un homme prévoyant !... J'avais emporté du sérum, pressentant qu'il jouerait un rôle dans notre odyssée... Premier acte !... Puis du vin de Bordeaux pour boire à la délivrance de Pierre... second acte !... Ce précieux nectar, abrité dans un récipient de métal, doublé de cuir, couvert de laine, a échappé à la catastrophe du Suget, a gelé, dégelé, regelé, malgré tous les préservatifs. Mais il est bon encore !... Allons, Pierre, mon ami, à votre délivrance !... Marthe, à votre bonheur !... Georges... M. Lebon !... Akampa !... à vous tous, amis dévoués qui êtes de moitié dans notre succès !...

Les verres se choquèrent, et Pierre se leva :

— Le docteur oublie quelqu'un : c'est lui-même ! Je dois mon salut à son initiative... et à la générosité avec laquelle il a joué sa vie !... oui, joué sa vie !... Ne haussez pas les épaules, vieil et cher ami !... Vous avez vainement cherché à me le cacher... Sachez-le, le docteur avait accepté de périr si le fils du régent succombait, et plusieurs jours se sont passés dans cette affreuse alternative.

— Vive le docteur !... vive le docteur !... s'écrièrent tous les assistants.

— N'oublions pas, ajouta Pierre avec émotion, que nous avons à Paris une mère dont les angoisses ne sont pas calmées, et dont les larmes couleront de longs jours encore !

— Pauvre mère !... fit Marthe.

Suzon suffoquait. Le docteur l'obligea à prendre un petit verre.

— Brave Suzon, venez trinquer avec le vieux docteur !...

La bonne fille laissa tomber deux grosses larmes dans le verre et dit entre deux sanglots :

— A la chère petite Germaine !...

Puis elle ajouta : — Nous avons tous bien peiné, marché, avec un tintouin terrible ; mais la petite prière de l'innocente était plus forte que tous nos travaux. C'est elle, c'est Germaine qui a obtenu du bon Dieu le retour de papa et de maman !...

— Tu dis vrai, ma bonne Suzon, répondit Marthe ; nous n'avons été que les instruments de la Providence, et c'est Dieu qu'il faut avant tout remercier !

Elle se tourna ensuite vers le docteur : — Les paroles me manquent pour exprimer à mon cher tuteur les sentiments de sa petite pupille !...

Sans répondre, le docteur appela Jacques ; brave et dévoué serviteur, il avait mérité de prendre part à la fête ; et Pierre lui versa lui-même de ce fameux Château-Margaux qui avait été si ballotté avant de terminer sa carrière aventureuse dans une petite ville de l'extrémité orientale du Thibet.

D'ailleurs, malgré de telles épreuves, il n'y eut qu'une voix pour le déclarer exquis ; c'est que, depuis de longs mois, on n'avait pu goûter de ce produit de la vigne, désavantageusement remplacé par le thé en briques.

— Voyons, Pierre, reprit le docteur, contez-nous un peu vos aventures, ou plutôt contez-les à nos amis ; ce

sera pour moi une seconde édition qui m'intéressera
presque autant que la première.

— Où avez-vous pris l'idée néfaste de pénétrer à Lassa ?
demanda Georges.

— Hélas !... je mérite tous vos reproches !... Vous me
voyez couvert de confusion à la pensée des angoisses, des
périls, dont mon escapade a été la cause. Que voulez-
vous ?... L'appât du fruit défendu... le désir d'attacher au
nom français une entreprise réputée impossible... une
utopie, enfin, j'en conviens !... J'ai cru pouvoir me permettre cette pointe sur la capitale bouddhique, laquelle
n'était point dans mes instructions, et dont la responsabi-
lité retombe entièrement sur mon humble personne, je le
déclare hautement. Mon guide tangoute, Landzamba, s'ef-
força de m'en détourner, et devant mon... opiniâtreté, il
se sépara de moi. Mais il me donna sa parole de ne pas
me trahir... Le Père E... me conseilla également de
renoncer à ce projet... Je partis, malgré tout, après avoir
adressé à Marthe une lettre qui n'est point arrivée... Si
j'avais réussi à passer inaperçu, je serais revenu les
mains pleines de documents nouveaux, inédits. Malheureusement, j'ai voulu trop faire. Le gouvernement de
Lassa redoute toujours l'invasion étrangère, et tout ce
qui ressemble à un plan, à une carte, soulève ses ter-
reurs. C'est là ce qui m'a perdu. Caché sous le costume
qui vous a abrités vous-mêmes, je pris de nombreux dessins, et je voulus étudier l'orographie de la contrée. On me
surprit dans ce travail ; mes croquis furent saisis, exami-
nés ; on y crut voir des projets hostiles. De là à découvrir
ma nationalité, la chose fut facile ; on me prit pour un
espion ; mon affaire était donc fort grave ; j'avouai tout,
c'est-à-dire que je me déclarai un Français, ne nourrissant
aucune intention mauvaise ; on ne comprit pas les explications très véridiques que je donnai sur mes travaux...

— C'est sans doute pour cela, interrompit le docteur, que le régent me prit pour un conspirateur...

— ...Et que vous acceptâtes d'être son otage, répliqua Pierre...

— Cher docteur! ajouta Marthe, quel dévouement!...

— Continuez donc, Pierre! fit le docteur.

— Jeté en prison, je me creusais la tête pour chercher un moyen de me disculper ou de fuir, car, je l'avoue, périr à Lassa, dans de telles conditions, me paraissait terrible... je me désolais surtout en pensant aux angoisses des miens !... j'étais loin de prévoir que ma chère femme saurait découvrir mon sort !... et venir jusqu'à Lassa !... Mais je ne tardai pas à me convaincre que toute tentative d'évasion serait une folie, qui ferait resserrer encore davantage ma captivité... Il ne me restait qu'à préparer ma défense ; j'y travaillai sans conviction ; que faire avec des gens fanatiques, à mille lieues, moralement plus encore que matériellement, des lumières de la civilisation?... Ce que j'ai souffert est inénarrable... si j'ai commis une imprudence, je l'ai bien expiée !... Je me tournai vers Dieu ; et la prière seule a pu me préserver du désespoir.

Le temps s'écoulait, et on ne me mettait point en jugement ; je finis par tomber dans une sorte de prostration, entrecoupée d'éclairs d'espérance. Le temps, c'était beaucoup... oui, c'était beaucoup, puisque vous avez pu arriver, mes amis... et aujourd'hui, grâce à vous, je suis libre, tout ce passé n'est plus qu'un affreux cauchemar !... Il faut maintenant achever ma mission, si longuement interrompue. Avec quelle joie j'ai retrouvé toutes les notes que le bon Père E... a eu l'heureuse idée de remettre à Georges. Or, je devais achever mon voyage en étudiant le parcours du Yang-Tse-Kiang, au point de vue commercial de notre influence actuelle et à prévoir, à travers cette partie de la Chine, Si vous le voulez, mes amis, nous nous rendrons à Shang-Haï par cette voie ; et de là, un paquebot français nous ramènera dans notre chère patrie. Il serait peut-être plus rapide de suivre le Mékong et de rallier nos possessions de Cochin-chine, et je ne veux imposer à aucun de vous de nou-velles pérégrinations. Je puis parfaitement continuer seul mon voyage d'explorations...

— Vous n'y pensez pas, Pierre, répliqua le docteur. Nous ne vous lâcherons pas ainsi. Vous n'auriez qu'à faire une nouvelle fugue !...

— Non, non, nous ne vous lâchons pas ! s'écrièrent tous les hommes.

— Allons, je vois que j'ai perdu votre confiance, dit Pierre en souriant ; je ne m'en plains pas, puisque j'y gagnerai votre société. Je désire partir au plus tôt, pour plusieurs motifs, dont un bien sacré sera compris de tous. A Batang, nous pourrons remettre au missionnaire français une lettre pour ma pauvre mère. Combien il me tarde de lui apprendre ma délivrance !

Akampa se leva :

— Les amis du ciel d'Occident n'ont plus besoin des pauvres services de leur petit frère. De retour sous la tente, il se souviendra des jours heureux de ce voyage en leur illustre compagnie.

— Tu veux partir, Akampa ? dit Georges.

— Nous ne t'oublierons pas, Akampa ! assura Marthe.

Le jeune Mongol déploya une pile de khata, et offrit de somptueuses écharpes de félicité à chacun des mem-bres de la caravane. Puis il remit à la jeune femme une écharpe d'une finesse exquise sous sa forme minuscule :

— Pour l'enfant qui est restée là-bas !...

— Merci, Akampa, Germaine sera ravie !

— Et gardez celle-ci pour la mère, riche en années, qui pleure encore !...

— Cher Akampa ! tu n'oublies personne ! dit Pierre. Je regrette vivement de me séparer de toi. Voudras-tu me rendre encore un service ?

— Avec joie.

— Charge-toi d'une lettre adressée à ma mère que tu remettras au Père E... avec celle-ci. Je le prie de la lui faire parvenir par la voie russe. Je veux tenter de divers côtés, espérant qu'au moins une missive lui arrivera. A Dieu donc, Akampa, et merci encore !

— Je vais également écrire à mon ami Thourel par la même voie, dit le docteur.

On ne se sépara pas sans émotion de ce jeune chrétien, vrai type de ce que pourraient devenir ces peuples incultes, sous l'influence de la lumière de l'Evangile.

Il refusa, d'ailleurs, toute rémunération pécuniaire, trop heureux, assurait-il, d'avoir pu rendre service à ses frères du ciel d'Occident.

Malheureusement les difficultés de tout genre, les tracasseries, la persécution, et même le fer et le feu, entravent les efforts des missionnaires, souvent chassés, reparaissant pour être chassés encore, et dont l'héroïque histoire, trop peu connue, ne serait pas la moins glorieuse page des annales de notre pays de France.

Depuis le traité de 1860 qui a ouvert l'empire chinois à l'Evangile, les missionnaires ont fait les plus grands efforts pour s'établir au Thibet. Plusieurs sont morts à la peine ; citons le Père Renou et le Père Goutelle ; le Père Brieux fut massacré par des assassins soudoyés par les lamas.

Après l'avoir frappé de douze coups de couteau et écrasé sous une grêle de pierres, les meurtriers du Père Brieux se réfugièrent à la lamaserie, qui refusa de les livrer à la justice. Trois autres missionnaires ont également péri de mort violente.

Les lamas, du reste, conviennent qu'ils ne pourraient soutenir une discussion avec nos missionnaires, mais que, si ceux-ci prospéraient dans le Thibet, leur *écuelle serait brisée*.

Des chrétientés florissantes avaient pourtant été fondées dans le Thibet oriental, la vallée du Tsarong, et ailleurs.

Les lamas recoururent à tous les moyens : la famine, défense de vendre des vivres aux missionnaires ; la violence, et ils furent chassés au-delà de la frontière. Revenus en 1865, les missionnaires édifièrent à Batang une maison et une chapelle que les lamas firent détruire en 1873 ; mais ceux-ci furent condamnés par le gouvernement chinois, en 1874, à rétablir la mission. Puis en 1887, le grand lama ordonna la destruction de nos missions thibétaines ; tout fut pillé, brûlé, et les prêtres chassés sous une pluie battante.

On répand d'ailleurs sur le compte des missionnaires, dans certaines populations, les bruits les plus absurdes. Un habitant de la Mongolie, croyons-nous, dit sérieusement à un voyageur russe que la photographie se faisait avec des yeux humains, et que les missionnaires arrachaient les yeux aux jeunes enfants, pour les employer à cet usage !

Enfin, en 1895, nos missionnaires purent reparaître dans ce Thibet si réfractaire à leur apostolat.

Entre temps, les missionnaires travaillent non seulement pour les âmes, ce qui est leur premier objectif, mais aussi pour la science. Ils ont, les premiers, frayé les voies à nos explorateurs, et eux-mêmes apportent plus d'une pierre à notre contingent scientifique. Il suffit de citer le Père Desgodins dont les travaux sont hautement appréciés des sommités de la science française.

Ici, Pierre, chargé officiellement d'une mission scientifique, sans manquer le moins du monde à la vérité, n'avait pas besoin de raconter, par le menu, les détails de son voyage aux autorités chinoises, qui étaient priées, par le gouvernement français, de faire bon accueil à son envoyé. Il était d'ailleurs entré libre à Tsiamdo, car le docteur avait obtenu que l'escorte thibétaine les quitterait à deux journées de marche de cette ville.

Donc, une fois de plus, il fallut réorganiser la caravane, renouveler les objets de campement, dont la vétusté témoignait des rudes et longs services, louer des bêtes de selle et de somme, et se diriger vers la province chinoise du Se-Tchouen, en passant par Batang, toujours par monts et par vaux, tout à fait littéralement, car les massifs énormes de la haute Asie se prolongent jusque dans la Chine occidentale.

Nos voyageurs retrouvèrent le fleuve Bleu, appelé dans cette partie de son cours, *Kin-cha-Kiang*, fleuve qui charrie l'or. Ici le géant liquide ne s'étend pas encore majestueusement dans les plaines chinoises; il se tord comme un vermisseau furieux dans le dédale de gorges étroites et tortueuses dont les roches accidentées lui opposent d'incessantes barrières; très profond, vu le peu de largeur de son lit escarpé, il lutte, bondit, mugit, avec un bruit effrayant.

Mais comme Pierre ne devait commencer ses explorations que dans la partie navigable, on laissa le fleuve descendre vers le sud, où il fait un long détour, et on marcha sur Batang.

Un bac transporta sans accident sur la rive gauche, nos gens, leurs bêtes et leurs bagages, et ils ne tardèrent pas à entrer dans la belle plaine de Batang.

Ce qu'on appelle la plaine de Batang est une vallée
délicieuse, formant un contraste parfait avec les contrées
tourmentées, arides, désolées, parcourues pendant de
longs mois par les voyageurs. La belle saison commençait, les fleurs paraient la terre, tout était verdoyant,
cultivé ; l'atmosphère tiède, le ciel pur, la fraîcheur des
sources et des eaux vives, réjouissaient leurs yeux
fatigués par la réverbération des neiges, et l'aridité des
déserts.

La plaine de Batang est, en effet, d'une merveilleuse
fertilité, donnant deux récoltes par an. Elle produit les
mêmes légumes que nos contrées européennes; et en
côtoyant un champ de choux, Suzon se promit de régaler
sa maîtresse d'une soupe, d'une de ces soupes villageoises,
plantureuses et nourrissantes, qu'elle savait si bien préparer autrefois.

Batang est grand, peuplé, florissant. La souveraineté
du dalaï-lama de Lassa s'arrête à cette cité. Comme dans
toutes les villes thibétaines, on y voit de nombreux
lamas.

Batang est le siège de l'évêché ou vicariat apostolique
du Thibet. Les missionnaires se chargèrent de grand cœur
de faire parvenir, le plus rapidement possible, les lettres
de la caravane. Une messe d'actions de grâces fut
célébrée dans la chapelle catholique, en présence de tous
les voyageurs.

Après la délicieuse oasis de Batang, les voyageurs
se retrouvèrent encore dans la montagne, puis débou-
chèrent dans la plaine de Lithang, laquelle ne ressemble
guère à l'autre : une steppe de couleur grise, assez stérile,
large d'environ vingt kilomètres sur soixante. Climat
fort dur, puisque la neige y tombe encore au mois de
juin.

Enfin Tat-Sien-Lou, ville frontière de la Chine proprement dite, bâtie dans une gorge étroite, apparut sise au bord d'un torrent tumultùeux.

— Nous allons entrer en Chine ! dit M. Lebon.

— Ce n'est pas malheureux ! répliqua le docteur... J'offre mes salutations empressées au Thibet...

— Sans lui dire : au revoir, n'est-il pas vrai ? fit Georges.

— En lui disant : à ne pas te revoir, pays où la nature et les hommes s'entendent contre le malheureux voyageur !...

— Je vois que vous ne garderez pas un excellent souvenir du tour de force que vous avez accompli par dévouement pour moi, dit Marthe.

— Oh ! chère enfant, vous dites vrai, un tour de force !... Un homme, approchant de la soixantaine, n'ayant jamais voyagé autrement que pour aller de Paris à Nice, par le rapide, et se plaignant de courbatures le lendemain !... et qui, après avoir roulé au fond des précipices, chevauché, nuit et jour, grelotté par 35 degrés de froid, vécu de thé salé et de boulettes de farine, se retrouve sur ses pieds, sain et sauf !...

— Et prêt à recommencer ! fit Georges.

— Oh ! non pas !... non pas !... assez d'une expérience. La seconde pourrait être fatale !...

— Il faut avouer, cependant, dit M. Lebon, que nous avons exploré une contrée très intéressante à étudier. Ce voyage, accompli dans un tout autre but, me laissera personnellement de précieux souvenirs.

— Assurément, dit le docteur, ce n'est pas un voyage banal.

— Nous avons eu l'heureuse chance de réussir là où tous les autres ont échoué. Pénétrer dans Lassa ! L'objectif de tous les grands explorateurs ! reprit M. Lebon. Le jour viendra peut-être où les barrières que le fanatisme et l'ignorance dressent contre nous, tomberont devant la diplomatie européenne, et surtout devant les efforts des missionnaires, ces intrépides pionniers de la civilisation.

Tout en causant, nos amis étaient descendus jusque dans les rues étroites, glissantes de la ville, laquelle appartient cependant encore au Thibet, mais en est la limite extrême.

La population de Tat-Sien-Lou, mi-partie chinoise, mi-partie thibétaine, se livre au commerce de l'or, du thé, des pelleteries et de la rhubarbe qui croît en abondance dans la montagne.

La quantité prodigieuse de briques de thé, consommées dans tout le Thibet, passe par Tat-Sien-Lou. Cette denrée y est apportée à dos d'homme, par d'affreux chemins, dans des caisses spécialement fabriquées pour le long transport de la marchandise parfumée. Et non seulement les hommes, mais les femmes, les enfants, les vieillards s'adonnent à ce dur métier. Ces malheureux, chargés d'un poids accablant, consument leur existence à gravir des sentiers de chèvres, suspendus sur les plus affreux précipices.

Ces briques pèsent plus de 2 kilogrammes, et coûtent un peu moins de 2 francs à Tat-Sien-Lou, et probablement 10 francs à Lassa.

Nos voyageurs rencontrèrent une de ces files de porteurs, et la difficulté de se croiser au-dessus des gouffres, jeta un certain émoi dans le groupe européen, malgré la longue expérience acquise des trajets périlleux. On s'en tira heureusement, ni hommes ni bêtes ne roulèrent au fond, et on en fut quitte pour un battement de cœur tout à fait involontaire.

Enfin, on sortit définitivement de la montagne, pour traverser les plaines cultivées de la Chine, en passant

Porteurs du Thibet avec leur palanquin.

subitement d'une température froide aux chaleurs
intenses de l'été.

A Tat-Sien-Lou, les voyageurs changèrent de mode de
locomotion ; les bêtes de selle furent remplacées par des
palanquins, placés sur les épaules de porteurs. Ces véhicules, foncièrement chinois, à une seule place, consistent
en un fauteuil enfermé dans une sorte de cabane minuscule, avec fenêtre à droite et à gauche, pour jouir du
paysage, et munie de rideaux qu'on ferme quand on
veut. Suzon trouva les palanquins fort à son goût, et
casa Tamerlan à ses pieds, en se gênant un peu, l'un et
l'autre.

Le soir on s'arrêtait dans des auberges dont l'enseigne
était remplie de promesses : l'*Hôtel des béatitudes...
des cinq félicités... de l'entente cordiale... des désirs
accomplis...*

Malheureusement, sous toutes les latitudes, promettre
et tenir sont deux. *Les cinq félicités* consistent en nattes
dégoûtantes qui servent de lit, sur lesquelles vous n'êtes
qu'un habitant de plus, en pâture à la multitude homi-
cide qui y a élu domicile depuis un temps immémorial,
en puanteurs méphitiques, exhalées par les fumeurs
d'opium, en cris et tapage nocturne, en un ordinaire
peu varié, riz sempiternel, piment, herbages, viande de
porc.

Donc, nos hôtels les plus borgnes seraient de vrais
désirs accomplis, si on les mettait en parallèle avec les
auberges chinoises. Pour être juste, il faut ajouter qu'on
sort de ces dernières la bourse encore ronde, et que le
séjour n'y est pas ruineux... Sous ce rapport, il y eut
toujours *entente cordiale* entre nos amis et leurs divers
aubergistes. On fait largement les choses en payant la
valeur de 1 fr. 25 par jour et par personne, logement et
nourriture compris.

— C'est égal, fit le docteur après la première nuit
d'auberge chinoise, nuit blanche ; si la note est faible, le
confortable laisse à désirer.

— Couleur locale ! dit Georges en riant un peu de la
mine renfrognée du docteur.

— Mieux valait encore coucher sous la tente, par
30 degrés de froid.

— On n'est jamais content, dit M. Lebon. Pour vous
consoler, je vous apprendrai, si vous ne le savez déjà,
que nous sommes dans la province du Se-Tchouen, ou
des *Quatre vallons*, la plus belle et la plus peuplée de la
Chine.

— Au fait, un peu de géographie, s'il vous plaît? car il
faut bien s'instruire en voyageant. Nous sommes apparemment dans le bassin du fleuve Bleu ?

— Tout juste. Voyez-vous, la Chine proprement dite,
qui a une superficie à peu près égale à huit fois celle de
la France, se divise en trois bassins principaux : le bassin
du Hoang-Ho, ou fleuve Jaune, au nord ; celui du Yang-
tsee-Kiang, ou fleuve Bleu, au centre ; et celui du
Si-Kiang, ou fleuve de l'Ouest, au sud.

Ces trois fleuves sortent du haut massif thibétain et
sont séparés entre eux par deux chaînes de montagnes,
l'une au nord du Yang-tsee-Kiang, l'autre au sud,
rameaux prolongés de cette prodigieuse agglomération
qui forme la haute Asie, que nos yeux ont vue...

— Et que nos pieds ont foulée... interrompit le docteur.

— Ces trois fleuves reçoivent dans leur long parcours
les eaux de nombreuses rivières sorties des flancs de ces
montagnes latérales ; et après avoir circulé au fond des
gorges étroites, ils débouchent dans les vastes plaines de
la Chine orientale, s'y déploient avec une incomparable
majesté, prennent d'immenses proportions ; et, pour ne
parler que du fleuve Bleu, sa largeur est telle que placé

sur une rive, l'observateur distingue parfois difficilement la rive opposée. Des villes, prodigieusement peuplées, sont bâties sur ses bords, et les bateaux à vapeur le remontent jusqu'à plus de 1,700 kilomètres dans l'intérieur. Mais les jonques remontent beaucoup plus haut.

Voilà pour la géographie physique. Voulez-vous un aperçu sommaire de la géographie politique? Sachez donc que la Chine se divise en dix-huit provinces; je n'écorcherai pas vos oreilles par cette aride nomenclature.

Chaque province se subdivise en départements, arrondissements et districts.

La plupart des provinces sont soumises à la juridiction d'un vice-roi, aidé d'un ou deux gouverneurs, ou *fou-taï*. Puis viennent les préfets, *tche-fou*, et les sous-préfets, *tche-tien*. Les bourgs ont une sorte de maire, appelé *ti-pao*. Toutes ces nominations sont au choix du gouvernement, et les libertés municipales, les élections, même au degré le plus restreint, sont chose inconnue en Chine.

Les Chinois sont généralement sceptiques, et absolument indifférents aux idées religieuses. Ils professent, *extérieurement*, trois cultes principaux : le bouddhisme, le culte de Confucius, et le culte de la raison.

Le bouddhisme est professé par la grande majorité de la population. Mais toutes ces pratiques s'observent comme une coutume reçue des ancêtres, sans que le cœur ou l'intelligence y prennent la moindre part.

Cependant, lorsque les Chinois se convertissent au christianisme, ils se montrent en général fort zélés et, sous l'influence de la vérité religieuse, ils perdent ce fâcheux scepticisme. On en a vu plusieurs préférer la mort à l'apostasie. J'ajoute que la province du Se-Tchouen, dans laquelle nous sommes, compte un grand nombre de chrétiens, plus de cent mille, divisés en trois vicariats apostoliques.

Cependant, le signal du départ était donné ; nos voyageurs s'établirent dans leurs palanquins respectifs, système qui oblige le touriste à concentrer ses impressions en lui-même, sauf à se dédommager pendant les haltes de ce mutisme obligatoire.

On traversait les riches et gracieuses campagnes du Se-Tchouen ; les eaux limpides, les moissons, les fruits, les fleurs ; çà et là, de vastes bois d'orangers et de citronniers ; une population agricole, laborieusement occupée aux travaux des champs, les villages, les fermes, les ombrages ; et, se dégageant de tout cet ensemble, une senteur musquée particulière, la senteur chinoise, captivaient l'attention de nos amis, et charmaient leurs longues heures d'emprisonnement cellulaire.

Des petits marchands s'approchaient de la file de palanquins pour offrir, qui des gâteaux pétris avec de l'huile de coco, qui du riz tout préparé, qui des fruits, ou même des fragments de fruits ; car, en Chine, la monnaie courante, étant extrêmement subdivisée, permet les achats les plus minimes. Le sapèque vaut environ un demi-centime ; et, pour un sapèque, on peut acquérir une tranche d'orange, quelques graines de citrouille (friandise fort recherchée), et autres douceurs analogues.

Comme on le voit, cela différait des hauts plateaux thibétains, alors qu'il fallait se contenter de thé tiède, et de dzamba noire, pour tout rafraîchissement.

En arrivant dans une petite ville, située sur leur parcours, les voyageurs poussèrent des exclamations en remarquant un assortiment très complet de bottes usées et couvertes de poussière, suspendues au-dessus de la porte, comme une enseigne de savetier.

Nous nous trompons cependant en disant : les voyageurs. MM. Lebon, Georges et Pierre se contentèrent de sourire.

— Ceci nous apprend, dit Georges, que les fortunés
habitants de cette ville ont eu le bonheur d'être admi-
nistrés par des mandarins qui se sont véritablement
montrés *père et mère* des cent familles.

— Comprends pas, fit le docteur.

— Qu'est-ce que les cent familles ? demanda Marthe.

— On désigne ainsi les classes populaires.

— Soit !... mais les bottes ?

— Ah! voilà, dit M. Lebon. Quand un chef a son
changement, motivé par une disgrâce imméritée, et que
le peuple est satisfait de son administration, il lui fait
une ovation au moment de son départ. Et cette ovation
consiste à déchausser solennellement le mandarin et à
lui offrir une paire de bottes d'honneur, tandis que celles
qu'il a usées pour le plus grand bien des cent familles,
sont accrochées au-dessus de la porte de la ville. Ces
guirlandes d'un nouveau genre se voient très souvent
en Chine.

— Ah! vraiment, opina le docteur, ces Chinois ont des
idées tout à fait... chinoises, car je ne trouve pas d'adjectif
mieux approprié !...

Cependant, malgré la bonne administration dont le
musée de bottes se portait garant, l'auberge de *la Rencontre heureuse des charettes* n'offrit pas aux voyageurs
un meilleur gîte. Décidément, ils regrettaient de s'être
défaits de leurs tentes.

Le voyage, en dépit de ces petits inconvénients, se
poursuivit sans encombre, à travers les belles campagnes
du Se-Tchouen, jusqu'à la capitale de cette province, la
ville de Tching-tou-fou.

Là les voyageurs devaient s'embarquer sur des jonques,
pour descendre la rivière Min-Kiang jusqu'à son confluent avec le fleuve immense, en aval de Su-tcheou-fou,
où il cesse de porter le nom de *Kin-cha-Kiang,* fleuve qui

charrie l'or, pour adopter celui qu'il portera jusqu'à l'Océan, *Yang-tsee-Kiang*.

De là, toujours en jonque, ils descendraient jusqu'à

Han-Keou, dernière escale des steamers réguliers, et arriveraient enfin à Shang-Haï par ce moderne et occidental moyen de transport.

Tching-tou-fou, ou simplement Tching-Tou, capitale du Se-Tchouen, est une grande et belle ville, peuplée de 800,000 âmes ; c'était la première cité considérable de la Chine dans laquelle les voyageurs (M. Lebon excepté)

eussent pénétré, et l'impression devait être favorable.
Car si les villes chinoises, même les plus immenses, sont
d'une proverbiale malpropreté, la capitale du Se-Tchouen
est une heureuse exception, et c'est à ne pas se croire en
Chine. Rues larges, bien aérées, arrosées, pavées, bordées de belles maisons ; boutiques élégantes, fournies
d'objets de luxe, de soieries, de pierres précieuses.

La soie est d'ailleurs une des richesses de la province,
la sériciculture y étant pratiquée sur une grande échelle.

Tout cela reposait la vue, d'autant plus qu'après les
tentes noires des nomades, on ne pouvait être bien difficile sous le rapport de la propreté.

Cependant, les visites européennes sont assez rares,
dans cette province fort éloignée de la mer ; et on ne
tarda pas à savoir qu'un groupe de diables d'outre-mer,
accoutrés à la façon bizarre et ridicule des barbares
occidentaux, venaient de pénétrer dans la ville, et que
même deux femmes, originaires de ces mêmes contrées
barbares, faisaient partie de la caravane.

Suivis, dans les rues, par une foule de badauds, qui
riaient à s'en tenir les côtes, à la vue du costume étriqué
des hommes, de leur barbe, de leur type, et craignant la
versatilité populaire qui, d'un moment à l'autre, pouvait
passer des rires aux démonstrations hostiles, les voyageurs décidèrent de se présenter aux autorités, et de se
mettre sous leur protection, Pierre exhibant des papiers
en règle, démontrant l'accord des puissances françaises
et chinoises, pour la mission qu'il devait accomplir.
Ils firent donc prier le vice-roi de leur accorder une
audience.

Le vice-roi daigna envoyer une réponse favorable ; et
ces trois Messsieurs, en habit noir, cravate blanche et
chapeau à haute forme (car ces vêtements de cérémonie
les avaient suivis dans leurs pérégrinations), installés

chacun dans un palanquin bleu, furent transportés au *yamen,* ou palais de son excellence.

Le yamen de Tching-tou est magnifique. Trois portes et deux immenses cours le précèdent. La troisième porte, aussi large que haute, peinte en rouge, porte l'image de deux tigres vert et or.

Les visiteurs sortirent de leurs palanquins de parade, cette majestueuse porte s'ouvrit toute grande, et leurs yeux furent éblouis à la vue du vice-roi entouré d'une nombreuse cour de mandarins, tous costumés magnifiquement.

Ils s'inclinèrent avec le respect dû à un haut dignitaire de l'Empire du Milieu, lequel fut obligé de se contenter de ce salut à la mode européenne, car ils avaient fait prévenir le vice-roi que, dans leur patrie, l'usage des prosternations n'existait pas, et qu'ils désiraient s'en tenir aux formes des pays occidentaux.

L'illustrissime représentant de l'autorité impériale, père et mère de son peuple, était prévenu depuis longtemps du passage de Pierre, et il remarqua que ce dernier avait beaucoup prolongé son voyage dans la partie occidentale de l'Empire. Toutefois, il ne fit point de questions, promit sa protection et une bonne jonque pour descendre le Min-Kiang, et attacha à la personne de Pierre deux Chinois qui devaient remplir les fonctions de maréchal des logis, pourvoir aux besoins et aux désirs du voyageur, et lui éviter tous les ennuis possibles.

Il était impossible de se montrer plus aimable.

La politesse exigeait que nos voyageurs attendissent la visite du vice-roi, en retour de la leur, pour se mettre en route.

Peu de jours après, un cavalier leur apporta une carte rouge, en leur annonçant qu'il précédait son excellence.

Le bruit des pétards et des instruments de musique

approchait, une multitude de soldats, de mandarins, de hérauts arborant des enseignes portant les titres du vice-roi, des bourreaux?... vêtus de rouge, entrèrent dans la cour de la maison où ils étaient logés. Enfin, le vice-roi parut.

Le palanquin de son excellence le déposa au pied de l'escalier. Pierre, qui remplissait les fonctions de maître de maison, était allé le recevoir à la porte, et l'introduisit dans le salon des hôtes.

Là, une collation lui fut offerte, avec toutes sortes de politesses, façon occidentale, car après en avoir conféré, nos amis renoncèrent à se plier à des *rites* bizarres et exigeant des études préliminaires.

Tout s'étant admirablement passé, le haut dignitaire chinois repartit en grande pompe, et nos amis n'eurent plus d'autre préoccupation que d'activer leur départ, en mettant à profit les bonnes dispositions du vice-roi.

VIII

On aime à varier ses plaisirs.

Les voyageurs étaient charmés d'un genre de locomotion dont ils n'avaient pas encore usé depuis leur débar-
quement à Bombay. Un peu de chemin de fer et de
voiture, beaucoup d'équitation, et même la marche à
pied, les avaient conduits des rivages de l'Inde au cœur
de la Chine, en prenant le chemin des écoliers. La pers-
pective d'achever leur voyage par eau avait donc l'attrait
de la nouveauté. Et tous s'embarquèrent allègrement sur
la jonque offerte par Son Excellence le Vice-Roi du
Se-Tchouen.

Une seconde barque portait les bagages et la cuisine,
et une troisième, les deux délégués chinois et quelques
soldats pour protéger et défendre les voyageurs contre
tous les périls possibles

Ils commencèrent par inspecter leur bateau, dont la
tournure était bien *chinoise*, et avait quelque chose de
svelte et de léger : avant terminé en pointe, arrière
élevé, portant deux grandes lanternes décoratives, sur
lesquelles on avait écrit, en grands caractères, les noms
et titres des illustres voyageurs ; des voiles de bambou
se plissant en éventails gigantesques ; une grande cabine,
aisant corps avec la jonque, contenant les logements :
un petit salon et plusieurs chambres.

Les vivres étaient façon chinoise, et le docteur et Marthe poussèrent de grands cris lorsque M. Lebon leur apprit qu'on se disposait à leur servir des... œufs pourris...

Il laissa passer les exclamations et reprit :

— Si nous disions aux Chinois que nous estimons le lait pourri, ils jetteraient les hauts cris, comme vous venez de le faire ; et, en réalité, ni les œufs préparés à la façon chinoise, ni le roquefort français, ne sont pourris, selon le mauvais sens du mot.

J'ai ici la recette de la préparation de ces œufs, je vais vous en donner lecture. Elle est tirée d'un *Cuisinier bourgeois* du Céleste Empire :

Prenez cent œufs de cane. Faites une forte infusion de thé, jetez-y trois tasses de chaux, sept tasses de cendres, douze onces de sel, pétrissez, enveloppez chaque œuf avec la pâte ; placez tous les œufs ainsi préparés dans un vase de terre rempli de cendre, et laissez-les sans y toucher pendant quarante jours.

On les mange ensuite. Le blanc est passé au noir, et le jaune au vert, un vert superbe. Goûtez-en, et si vous êtes sincères, vous déclarerez que ces œufs se sont transformés en une sorte de roquefort... Il est bien vrai, d'ailleurs, que les Chinois se régalent de mets qui nous feraient bondir le cœur : compotes de têtards, chrysalides de vers à soie cuites dans l'huile...

— Pouah ! interrompit le docteur, je préférerais encore les hannetons secs de Kouldja !

— Chiens secs,... fromage de haricots rouges ; et, a-t-on prétendu, assaisonnements à l'huile de ricin, mais il paraît que cette dernière assertion est un canard, continua M. Lebon.

— Tout cela est affaire d'habitude et d'éducation, remarqua Georges. Ce goût pour les insectes et autres animaux réputés chez nous non comestibles, aide à sustenter la population si dense de la Chine.

Cependant, la jonque glissait sur les eaux du canal qui relie Tching-tou-fou à la rivière Min. Les voyageurs aperçurent un dragon épouvantable, commis, paraît-il, à la garde d'un pont.

— Le dragon, du reste, joue un grand rôle en Chine, remarqua Pierre, en réponse aux exclamations du docteur. Ainsi, un dragon est chargé d'octroyer les pluies, dans la mesure convenable, aux campagnes du Céleste Empire. Lorsque la sécheresse persiste, on a recours à divers moyens pour le fléchir; et, en dernier ressort, on promène un énorme dragon façonné avec du bois et du papier, en faisant retentir à ses oreilles les accords d'une musique vraiment infernale. Si le dragon reste sourd, la note change, le dragon est accablé d'injures et mis en pièces.

— On raconte même, reprit M. Lebon, qu'autrefois, après plusieurs processions de ce genre, le dragon s'étant obstinément refusé à accorder la pluie à ses adorateurs, l'empereur le condamna, par un édit dûment motivé, à un perpétuel bannissement des provinces qu'il traitait si mal. L'ordre fut donc donné de conduire l'infortuné dragon dans le pays des Torgoutes, sur les bords de l'Ili, contrée que nous avons traversée au galop...

— Il m'en souvient ! interrompit le docteur.

— ... Dans notre chasse au Tangoute !... continua M. Lebon.

— D'où nous sommes revenus bredouilles ! fit Georges.

— Pauvre homme ! dit Marthe... il s'était montré fidèle à la parole donnée !... ne plaisantez pas sur une tombe, je vous en prie !

— Pour en revenir au dragon, reprit M. Lebon, les ordres allaient être exécutés, lorsque la clémence de

l'empereur fut invoquée par les grands de l'empire. Ils
se répandirent en supplications, et le Fils du Ciel daigna
se laisser toucher. Grâce fut donc faite, pleine et entière;
le dragon conserva ses privilèges. L'histoire ne dit pas
s'il donna des marques de reconnaissance et de repentir,
en s'acquittant mieux de ses fonctions...

Le premier soir, nos voyageurs eurent un échantillon
du vacarme usité à bord des jonques. Avant de se coucher, les bateliers invoquent le génie des eaux; on
frappe bruyamment sur le gong, on brûle des papiers
sacrés, et on fait partir une douzaine de pétards. De plus,
les bateliers ne cessent de chanter en manœuvrant, tel
rhythme pour telle manœuvre, tel rhythme pour telle
autre; ce concert perpétuel n'eût pas soutenu la comparaison avec ceux du Conservatoire, ni même avec nos
orgues de Barbarie.

Après avoir franchi un rapide assez difficile, dont le
passage souleva une certaine émotion, chez Marthe et
Suzon surtout, car ce genre de péril était absolument
nouveau pour les deux voyageuses, on arriva au confluent
de la rivière Min avec le fleuve Bleu, près de Su-tcheou-
fou, où ce fleuve, comme nous l'avons déjà dit, prend le
nom qu'il gardera jusqu'à son embouchure. Le courant
est rapide et impétueux, et les eaux du Min tourbil-
lonnent et luttent avec le géant liquide, secouant rude-
ment les jonques, les couvrant d'écume, désireuses,
semble-t-il, de les engloutir,

Ce nouveau péril heureusement conjuré, les jonques
commencèrent à voguer sur le grand fleuve.

A la fin du jour on s'arrêta auprès d'un gros village,
et peu confiants dans les agréments de l'auberge du lieu,
les voyageurs décidèrent de coucher dans leurs jonques.

Après le charivari ordinaire du soir, auquel se

livrèrent les quelques jonques amarrées à la rive, nos amis crurent pouvoir trouver le sommeil.

Hélas ! en Chine comme dans notre chère Europe, on a parfois des espoirs décevants.

Les pétards ne cessaient de retentir, accompagnés de coups de tam-tam, de cris discordants, auquel s'ajoutait distinctement le bruit de scies et de marteaux frappant sur le bois.

Quel pouvait être ce vacarme nocturne? Même en Chine, cela paraissait inusité.

— Il y a un malade à l'agonie, dans une maison du village, répliquèrent les délégués chinois aux questions des voyageurs qui jugèrent inutile de se coucher.

— C'est vrai, dit M. Lebon, les Chinois sont dans l'usage, lorsqu'un des leurs est près de mourir, de se livrer au manège bruyant, qui déchire nos oreilles, pour effrayer l'âme du malade et l'empêcher de quitter son corps. Ils croient même que l'âme s'éloigne pendant l'agonie, et ils usent de tous les moyens pour l'adjurer de réintégrer son domicile de chair. Supplications, remontrances, pétards, cris, et même voies de fait, sont employés tour à tour. On étend les bras, on refoule l'âme vers la maison, mettant en œuvre la persuasion et la force, dans d'heureuses combinaisons, qui n'empêchent pas le moribond de *saluer le monde*, selon l'expression chinoise.

Et si l'agonie de ce pauvre homme se prolonge, nous serons condamnés à ne pas fermer l'œil de la nuit.

— Mais que signifient les coups de marteau?

— C'est le menuisier qui confectionne le cercueil destiné au mourant.

— Si cet infortuné a sa connaissance, dit Marthe, il doit se rendre compte de ces funèbres préparatifs.

— Assurément, et il en est bien aise. La question cercueil n'est pas traitée en Chine comme chez nous où l'on s'occupe le moins possible de ce meuble dernier de la créature humaine. Ici, on s'intéresse à son choix, à sa confection, et s'offrir réciproquement de confortables cercueils est, dans l'Empire Céleste, au nombre des petits cadeaux qui entretiennent l'amitié. Donc ce moribond a lui-même indiqué les détails de la façon, et le bruit de la scie et du marteau charme ses douleurs.

Le pauvre agonisant résista toute la nuit à l'effroyable scène qui aurait dû hâter ses derniers moments. Le bruit cessa au petit jour, un peu avant le départ des jonques.

Il n'entre pas dans notre cadre de rendre compte des travaux et des études de Pierre. Nous nous bornerons à offrir au lecteur une rapide photographie du Yan-Tsé-Kiang, et des villes qu'il arrose.

Donc, il nous faut décrire la ville de Tching-tou-fou, toujours dans le Se-Tchouen, grande cité, peuplée de 600,000 habitants.

Commençons par apprendre au lecteur que le séjour à l'auberge des cinq félicités fut épargné à nos amis, car ils devaient être logés au *Koung-Kouan*, c'est-à-dire l'habitation réservée pour les personnages officiels et les hôtes de l'empire, dans toutes les villes chinoises.

Ces *Koung-Kouan* ont des appellations particulières et celui de Tching-tou-fou portait le nom de *temple de la vertu.*

Ce temple était vaste, bien aménagé, les murs décorés de chauve-souris (emblème du bonheur), de paysages sans perspectives, et d'un nombre respectable de dieux à la mine effrayante.

Le jardin était embaumé du parfum des fleurs; les arbustes, torturés par les jardiniers chinois, offraient aux yeux déconcertés, des formes impossibles, entre autres, celle d'un chien indigène, nommé *po-kcou*.

Les voyageurs désirèrent changer de costume, et prièrent un des aides chinois, de faire apporter leurs bagages.

Mine effarée de celui-ci.

— Vous me comprenez bien, n'est-ce pas ? demanda M. Lebon, en un chinois très correct.

— Vos paroles sont lumière éblouissante. Mais, à la douane, le tout petit, avec ses doigts inhabiles, a faussé la noble clef d'une de vos illustres malles qui refuse de s'ouvrir.

— Qu'on aille chercher un serrurier !

Le tout petit sortit après s'être incliné jusqu'à terre, et en attendant que leur noble clef consentît à tourner dans la serrure, les voyageurs se mirent aux fenêtres pour admirer le point de vue.

Le Koung-Kouan, étant bâti sur une éminence, domine la ville et ses alentours. Le coup d'œil était charmant. Les maisons descendaient en amphithéâtre, dressant leurs toits retroussés, et surmontés çà et là par les pagodes aux riches teintes ; au-delà, un affluent du fleuve Bleu, le Kio-lin-ho ; la ville de Kiang-pe-ting, perchée sur une hauteur rocheuse, au confluent des deux cours d'eau ; puis l'immense cimetière qui s'étend au loin.

Seulement la ville de Tching-Tou est bien chinoise, elle est sale.

De plus, il y règne une humidité perpétuelle, il pleut presque tous les jours. Apparemment, le dragon de la pluie y déborde de zèle, et n'encourra jamais une condamnation à l'exil.

Les chrétiens sont nombreux à Tching-Tou, qui est le siège d'un évêché. Et les voyageurs purent se faire l'illusion de la patrie, en assistant aux offices, entourés d'une multitude de fidèles.

Ils visitèrent les écoles chrétiennes ; Marthe et Suzon pénétrèrent dans une école de filles, car, si les Chinois refusent l'instruction à la femme, et ne l'admettent pas à l'école, il n'en est pas de même chez les chrétiens, et la chinoise chrétienne se relève de sa situation misérable et abjecte.

, Voici deux dictons populaires qui suffisent à donner une idée de la considération dont les femmes sont entourées en Chine ;

« La mère la plus heureuse en filles est celle qui n'a que des garçons. »

« Il faut écouter sa femme et ne pas la croire. »

Que penseraient de cela les Françaises ?

Puis on vit une école de garçons ; les maîtres, en Chine, ne sont pas soumis à l'obligation du diplôme ; se fait instituteur qui veut. Le tapage, à l'ordre du jour partout, est obligatoire en classe. Les enfants doivent étudier à haute voix, en se balançant de droite à gauche. Jugez du vacarme produit par cinquante ou soixante gamins, criant à tue-tête ; et si le bruit se ralentit, le maître, dit-on, donne un nouvel élan en criant lui-même la leçon.

Evidemment il n'est pas sujet à la migraine. Les enfants récitent ensuite en tournant le dos au professeur.

Il faut remarquer, à la louange des Chinois, qu'ils entourent les instituteurs de beaucoup d'égards et d'une grande vénération. On a vu, dit-on, de hauts personnages, arrivés au faîte des honneurs, descendre de palanquin pour fléchir le genou devant le vieux magister dont ils avaient fréquenté l'école dans leur enfance.

Nous venons de dire que le bruit est à l'ordre du jour en Chine. Le Chinois crie et vocifère, à tout propos ; les clameurs ne cessent pas.

Ecole chrétienne, en Chine.

De plus, les Chinois sont de grands artificiers, et le pétard joue un rôle considérable dans leur vie. Un haut mandarin sort-il en palanquin ? pétards !... veut-on recevoir honorablement un hôte?... pétards !... célébrer une fête? pétards !... Les bateliers font-ils leur prière du soir en l'honneur du génie tutélaire du fleuve ? pétards!... sur des centaines de jonques à la fois? milliers de pétards !... aux naissances, aux noces, aux funérailles ? pétards !... toujours pétards!... partout pétards!...

Ajoutez à ces détonations perpétuelles, le *tam-tam* ou gong, les accords bruyants d'une musique étrange, songez que tout cela est sans répit, et vous comprendrez que le docteur, sujet depuis longtemps à des maux de tête, se couchait souvent avec une affreuse migraine, en regrettant le silence des steppes de sel et des cimes glacées.

Chinoises aux petits pieds, se dandinant, appuyées sur des suivantes, employés pressés, bourgeois ventrus et pleins d'importance, colporteurs, petits marchands d'oranges et de fruits, bateleurs, soldats, ouvriers, portefaix, toute une population dense, serrée, se coudoyant, au milieu du bruit incessant des pétards qui partent à droite et à gauche, dans les rues fangeuses ; odeurs nauséabondes, qui choquent le nerf olfactif de l'étranger, autant que les bruits assourdissants affectent ses nerfs auditifs; cuisines en plein vent, pâtisseries indigènes, *ouo-ouo* ou ragoût à la viande ; avec cela, de beaux magasins, pourvus abondamment de l'utile et de l'agréable : soieries, porcelaines, médicaments, idoles, écrans, éventails de tous les genres, objet aussi indispensable en été que les chaufferettes en hiver. Seulement, au lieu de mettre ces dernières sous les pieds, les Chinois les attachent sous leurs vêtements, une par devant, l'autre par derrière. L'ombrelle de papier est également de première nécessité pour le riche comme pour le pauvre.

Du reste, dans tous les magasins de Tching-tou-fou, vous trouvez des marchands aux formes polies, élégamment vêtus de soie, soutenant, par leurs manières choisies, la réputation de leur ville qu'on prétend être le *Paris* de la Chine.

Le Se-tchuen produit, d'ailleurs, beaucoup de soie, et on en fabrique des étoffes de très belle qualité. Nos voyageurs visitèrent plusieurs ateliers de tissage; les procédés diffèrent peu de ceux de nos tisserands. On trouve également dans cette province de riches dépôts houilliers, et le charbon de terre s'y vend... huit francs la tonne.

Un soir, le docteur remarqua qu'il n'y avait pas de lune.

— Elle sera nouvelle demain, répliqua M. Lebon, et on invoquera *Kou-fou-tze* (Confucius); ceci a lieu à chaque nouvelle lune. De plus, le quinzième jour de la huitième lune de l'année, on célèbre une fête en l'honneur de l'astre des nuits, et d'un petit lièvre qui y a fixé son domicile.

— N'y a-t-il pas une très grande fête de la lune, célébrée par les Chinois en mémoire d'un fait historique? demanda le docteur.

— Parfaitement, la fête des lanternes. Le premier jour de la première lune de l'année, les Chinois se livrent aux réjouissances, en souvenir d'un massacre général des Tartares, sur tous les points de l'empire. Et ce qu'il y a de plus singulier, c'est que Tartares et Chinois y mettent le même enthousiasme. Ce sont alors des illuminations splendides, des feux d'artifice, le tout en l'honneur de la lune.

— Pauvre lune!... Sa blanche et pure lumière est bien innocente du sang répandu!... fit Marthe.

— Il faut ajouter, reprit Georges, que vainqueurs et

vaincus se souviennent peu de l'origine de cette fête. Le
Père Huc en fait la remarque, dans son voyage en
Tartarie; et il étonna beaucoup les Mongols, en leur
apprenant qu'ils fêtaient le massacre de leurs ancêtres,
en rendant ce culte idolâtre à l'astre des nuits.

Pierre ayant achevé ses recherches et ses travaux aux
environs de Tching-tou-fou, les voyageurs s'installèrent
de nouveau dans les jonques pour continuer à descendre
le fleuve. Bientôt, la grande ville s'estompa dans le lointain, et les deux rives commencèrent à fuir ; alors
M. Lebon entreprit de donner une teinture de la langue
chinoise à ses compagnons.

Le docteur et Marthe se récrièrent. Ils possédaient le
thibétain et jugeaient cela suffisant. Mais M. Lebon prétendait que lorsqu'on sait une langue, on n'a rien de
mieux à faire que d'en étudier une autre.

Du reste, on ne peut guère apprendre le chinois qu'en
Chine, car tout repose sur la prononciation, et le même
mot peut avoir jusqu'à dix significations différentes selon
le ton. Tantôt le ton est haut, ou bien il est bas, ou encore
il monte de bas en haut, descend de haut en bas. Par
exemple le mot *yen* signifie, selon la prononciation :
tabac, œil et sel... On comprend les quiproquos que
peuvent amener ces différences, chez les étrangers peu
encore habitués à la langue. On raconte là-dessus des
anecdotes assez amusantes.

Les usages chinois sont d'ailleurs la contre-partie des
usages occidentaux : le deuil se porte en blanc; on
commence les repas par le dessert, pour finir par le
potage; le bruit est obligatoire en classe; les honneurs ne
sont pas héréditaires, ils remontent; et tel titre accordé à
un Chinois, devient le titre de ses ancêtres, et non de ses
descendants; les livres se lisent de droite à gauche, et de
haut en bas...

La discussion n'était pas terminée lorsque les jonques passèrent devant Fong-Tou-shien, ville de troisième ordre. Le fleuve, hérissé d'écueils, présentait alors des difficultés aggravées par des rapides, la manœuvre captiva l'attention des passagers un peu émus, et on oublia la leçon de langue chinoise.

Puis les voyageurs s'intéressèrent à une végétation nouvelle pour des yeux européens : l'arbre à cire, *pela-chou*, par exemple, qu'il ne faut pas confondre avec le palmier à cire de l'Amérique équinoxiale. Ici, c'est une cire animale, déposée sur les tiges par un insecte appelé *pela*, lequel habite cet arbre, qui ressemble un peu au cerisier.

On cultive aussi l'arbre à suif ou *kieou-mou*. Ce végétal se couvre de petits fruits blancs, un peu plus gros que des grains de groseille, et avec lesquels on fabrique des chandelles.

Les Chinois exploitent encore le *Tong-chou*, spécial au Se-Tchouen.

Son fruit est une sorte de noix, donnant une huile qui peut remplacer le vernis, et avec laquelle on fabrique également de la glu.

Mais, quand on voyage en Chine, on s'intéresse surtout aux plantations de thé.

Marthe désirait voir de ses yeux l'arbuste qui recèle dans ses feuilles, la boisson ambrée, au doux arome, qui a fait le tour du monde ; de nos jours surtout, par anglomanie d'abord, par goût ensuite, l'infusion parfumée n'est-elle pas entrée dans les habitudes des petits et des grands ?

La saison de la récolte était passée ; Marthe dut se contenter des explications données par le *tout-petit,* traduites par M. Lebon, pendant que, les jonques étant amarrées à la rive, les voyageurs se promenaient au milieu de ces petits arbustes, sans tournure, mais vigou-reux, appartenant à la familles des camélias.

Le *tout-petit* paraissait très entendu dans la matière. Il apprit aux hommes occidentaux que, en ceci comme en beaucoup d'autres choses, il y a thé et thé.

Les crus sont variés, connus, et plus ou moins appré-ciés, (absolument comme chez nous, on place le Médoc au-dessus des vins de l'Orléanais). Et, pas plus que chez nous, les marchands de thé n'ignorent l'art des coupages.

Les deux crus les meilleurs, ceux de Fou-Tcheou, et ceux de Han-Keou, produisent une combinaison ultra-exquise, dont, cher lecteur, vous ne goûterez sans doute jamais, à moins que vous ne soyez assez heureux pour devenir le commensal de Sa Majesté la Reine Victoria, ou du Czar, ou de quelque autre tête couronnée. Ce thé appelé, soit *Pickwick mixture*, soit *Taï-ping mixture,* n'entrant pas dans le commerce.

Vous vous consolerez peut-être de ce malheur, en apprenant que, en y mettant le prix, sans être au faîte des grandeurs, on peut se procurer des combinaisons moins *select*, mais encore d'une qualité fort recomman-dable.

Le *tout petit* expliqua donc à la société, que la récolte du thé commence en mai.

La préparation des feuilles est assez compliquée.

On cueille les jeunes pousses de l'année et on les étale au soleil.

Ensuite ces mêmes petites feuilles sont entassées dans un récipient en bambou, sorte de cuve, où on les pétrit avec les pieds. Comme on le voit, *hommes de thé* et ven-dangeurs pourraient s'entendre.

Il faut donner à ces feuilles un air de frisure ; et il y a pour obtenir ce résultat, un truc, exécuté toujours avec les pieds.

Le lendemain, pétrissage et frisure.

Le surlendemain, pétrissage et frisure.

Enfin, après plusieurs jours de manipulations, les feuilles achèvent de sécher, et sont prêtes à livrer au commerce.

— Dans vos illustres contrées de l'Occident, continua le *tout petit*, le sol ne porte pas l'arbre à thé, puisque vous venez le chercher si loin ?

— Effectivement, répliqua M. Lebon, le thé ne croît pas en France. En revanche, notre pays produit des vins délicieux, dont la réputation s'étend par toute la terre.

Le *tout petit* fit une moue qui semblait dire : connais pas !

— Les hommes de l'Empire du Milieu, reprit-il, possèdent, sans sortir de chez eux, tout ce qui leur est nécessaire ; et ils n'ont besoin de rien emprunter aux autres nations. J'ai vu à Canton, la multitude de vos navires, prenant des chargements de mille objets divers pour les emporter sous le ciel d'Occident.

— Vous connaissez Canton. De quelle province êtes-vous ?

— Le tout petit est né obscurément dans la pauvre et misérable province du Kouang-ton, au sud de l'Empire du Milieu.

— Pourquoi appelez-vous toujours la Chine l'Empire du Milieu ? demanda Georges.

— Le nom de Chine nous est inconnu. Quant à l'appellation d'Empire du Milieu, le tout petit n'a pas la science des lettrés pour répondre à votre noble question. Mais il a été employé pendant plusieurs années par le directeur de l'enseignement de sa province natale ; et là, le tout petit a un peu dégrossi sa cervelle vile et grossière. Cet habile lettré, versé dans les sciences profondes, donnait à

ce nom d'Empire du Milieu, *Tchoung-Kouo*, l'explication suivante :

Autrefois, il y a bien, bien longtemps, l'Empire était
divisé en états qui portaient tous le titre de royaume. Le
prince, qui était honoré du titre d'empereur, résidait dans
la province appelée aujourd'hui le Houan, laquelle était
située précisément au milieu des autres royaumes. De là
vint le titre de royaume du Milieu. Et à dater de cette
époque les empereurs gardèrent ce nom pour leurs
possessions partielles ou totales de l'Empire.

— Telle est, en effet, dit M. Lebon, l'origine d'un nom
qui prête à la plaisanterie, mais ne signifie pas du tout
que les Chinois se figurent occuper le centre du monde. Ils
appellent encore leur pays *Tien-hia*, le dessous du ciel...
Tien-tchao, céleste Empire.

— Et ce qui est tout à fait gracieux, reprit Georges,
c'est l'appellation suivante : *Tchoung-Hoa*, Fleur du
Milieu.

— Ceci me plaît ! remarqua Marthe.

Pendant qu'on circulait en causant ainsi, Tamerlan se
dégourdissait les pattes avec une évidente satisfaction.
La vie recluse qu'il menait ne paraissait guère lui plaire ;
et Suzon se demandait, non sans inquiétude, si son favori
saurait apprécier les agréments de la vie parisienne.

— Nous le mettrons au Jardin d'acclimatation, répondait Marthe.

— Oh ! Madame n'y pense pas !... Nous séparer de
lui !...

— Comment veux-tu, ma pauvre bonne, qu'un mouton
s'accommode d'un appartement de Paris ?... Et que
dirait le concierge ?...

Suzon se taisait... elle cherchait des expédients. L'ex-
cellente fille ne pouvait renoncer, en esprit, aux parties

de jeu auxquelles elle assistait d'avance, entre Germaine et Tamerlan.

En attendant que cette grave question fût résolue, les jonques reprirent leur course, évoluant habilement au travers des rapides.

Parfois, pour varier l'ordinaire, le *tout petit* faisait servir du poisson frais, pêché dans le fleuve.

Un matin, à déjeuner, Marthe demanda un peu de vinaigre pour relever un poisson assez fade.

Tête du *tout petit*.

— Qu'y a-t-il d'extraordinaire à demander du vinaigre? fit le docteur.

— Il ne reste à bord que du vinaigre de polype et le *tout petit* craint que vos nobles estomacs...

— Du vinaigre de polype!

— Ah! ah! fit M. Lebon. Apportez sans crainte du vinaigre de polype, ou plutôt apportez le vase lui-même. Madame, vous allez voir quelque chose d'étrange.

Un grand vase de porcelaine fut donc déposé sur la table.

— Regardez dans l'intérieur.

— Ah! quelle horrible bête!

Telle fut l'exclamation générale.

Une masse gluante, charnue, informe, baignait dans un liquide clair comme de l'eau de roche.

M. Lebon toucha légèrement cette masse qui se contracta en changeant de forme.

— C'est le *tsou-no-dze* ou polype à vinaigre, animal vivant dans les eaux de la mer Jaune, où les Chinois en font la pêche, pêche peu abondante car cet être étrange est assez rare.

Il jouit de la propriété de changer en un excellent vinaigre l'eau dans laquelle il est plongé. Et si, surmontant votre répugnance, vous vous décidez, Madame, à assaisonner votre poisson avec ce vinaigre, vous le reconnaîtrez digne de concourir avec les meilleurs vinaigres d'Orléans.

On renouvelle l'eau à mesure qu'on puise, et l'on possède ainsi une fabrique perpétuelle d'un vinaigre excellent.

J'ajoute que, comme les autres polypes, celui-ci se multiplie par boutures. Il suffit de détacher un fragment du tsou-no-dze, pour qu'il grossisse et acquière la même précieuse faculté.

— Oh! s'écria le docteur. Pour le coup, j'en veux un spécimen!... Vinaigre original, de couleur locale!... A la première station j'achète un vase de porcelaine... et j'y mets un morceau de polype qui figurera honorablement dans la collection de mes souvenirs de voyage.

— Allons, madame, permettez-moi de vous offrir un peu de vinaigre!... Courage, mes amis, goûtons-en tous, dit M. Lebon en puisant dans le vase.

Et, la première impression surmontée, tous de déclarer exquis le vinaigre de polype.

Avant d'arriver à I-tchang, le fleuve se resserre dans des gorges tellement étroites que, vu leur direction générale, de l'ouest à l'est, le soleil n'y pénètre jamais. Les parois verticales, hautes de 200 mètres, se couvrent de plantes amies de l'ombre et de l'humidité. On peut juger de la fraîcheur et de la sensation humide que les voyageurs éprouvèrent dans ces sortes de caves courantes. Le fleuve ainsi resserré marche très vite.

Dans certains rapides, sa vitesse est de 18 à 19 kilomètres à l'heure, soit 5 mètres à la seconde.

Après avoir franchi avec bonheur tous ces difficiles passages, les jonques arrivèrent à I-tchang.

Ce port est ouvert aux Européens depuis l'année 1877.

Le fleuve Bleu.

Mais le fleuve, dangereux en amont, l'est aussi en aval, et les steamers réguliers ne dépassent pas Han-Keou.

Cependant, ils pourraient, à la rigueur, remonter jusqu'à I-tchang. Et, en 1891, un navire de guerre français, *la Vipère*, est remonté jusqu'à cette ville, pendant les troubles qui ont eu lieu à cette date ; seulement, ce n'a pas été sans de grandes difficultés et sans de vraies souffrances, occasionnées par l'élévation de la température dans la machine. Hommes et officiers (car ceux-ci payaient de leur personne), y enduraient un réel supplice.

Ici, les voyageurs se trouvaient dans la province du Houpé (nord du lac), laquelle possède vingt-huit millions d'habitants, province si fertile qu'on l'appelle le grenier de l'Empire.

Après un dernier défilé, le fleuve s'étale librement entre les collines abaissées, les marsouins apparaissent, c'est le Kiang maritime dont les Chinois disent : Sans bornes est la mer, sans fond est le Kiang.

Les voyageurs remarquèrent les villages flottants qui sont une des curiosités chinoises, immenses radeaux couverts de terre végétale, portant des maisons, des jardins cultivés, le tout allant à la dérive.

C'était maintenant le cours inférieur du grand fleuve, côtoyant des lacs considérables avec lesquels il communique par des canaux ; le lac Tong-tin est un des plus importants de la région.

A Han-Keou, le Yang-tsee-Kiang mesure 2,400 mètres de largeur.

Ici, nos voyageurs firent une halte de quelques jours.

Le docteur s'exclama en apprenant que, jadis, avant les révoltes qui ont ravagé cette partie de la Chine, on comptait ici huit millions d'habitants.

— Entendons-nous ! ajouta M. Lebon. Ces huit millions se répartissaient en trois villes qui n'en font qu'une et forment un immense triangle : *Han-Keou*, séparé de *Hang-gan-fou* par le Han-Kiang, affluent du fleuve Bleu, tandis que *Out-chang-fou* est bâti sur l'autre rive du Yang-tsee-Kiang.

Han-Keou est la ville européenne ; Out-Chang est la résidence du vice-roi du Houpé.

Cette dernière ville a été, en 1840, le théâtre des souffrances et du martyre du bienheureux Perboyre, missionnaire lazariste. Après neuf mois au moins d'emprisonnement, pendant lesquels il fut soumis à des tortures dont on ne peut lire le récit sans frémir, il fut attaché à un gibet en forme de croix, et étranglé. Par un raffinement de cruauté, on s'y reprit à trois fois, avant de donner à la corde une torsion définitive !

Aujourd'hui, la population de ces trois villes est diminuée de moitié au moins, ce qui fait encore un chiffre respectable.

Ici, nous dirons adieu à la Chine purement chinoise. L'élément européen a droit de cité, et nous retrouvons un coin de la patrie dans la concession française. Notre voyage d'aventures peut donc être considéré comme terminé. C'en est fait des moyens de locomotion couleur locale, palanquin, jonque, cheval... Le bateau à vapeur, le moderne et prosaïque steamer, se chargera désormais de transporter nos personnes jusqu'à Shang-Haï d'abord, puis jusqu'en France.

— Prosaïque, tant que vous voudrez, mon cher ami, opina le docteur ; je ne vous le cache pas, j'en ai assez de votre couleur locale, charmante de loin ; et je préfère voyager vite, un peu plus confortablement que sur les plateaux... Oh ! ces plateaux du Thibet ! Quel souvenir réfrigérant !

— Madame Daur les a pourtant franchis sans se plaindre !

— Et le vieux docteur n'a pas eu la même énergie !.., Que voulez-vous ! quand les glaces de l'âge commencent à s'ajouter à 30 degrés au-dessous de zéro !

Et tous de rire des prétendues glaces d'un homme vif comme la poudre, et toujours en ébullition !

Il touchait à sa fin, en effet, ce voyage long, périlleux et mouvementé, auquel nous nous sommes efforcés d'intéresser le lecteur ; les jours coulaient tout unis, peut-être un peu monotones, de cette monotonie heureuse et douce qui est généralement la compagne du bonheur.

Le temps des larmes était passé. La Providence avait béni l'entreprise hasardeuse dont nous avons esquissé les péripéties. Et assurément, par les soins du gouverneur de Vernoïé, auquel la missive de Pierre devait être parvenue, un télégramme était allé porter la joie dans le cœur de l'aïeule.

C'est dans ces dispositions d'âme que nos amis parcoururent les rues de ces trois villes populaires, et remarquèrent leur immense mouvement commercial. Han-Keou est, en effet, un centre important d'affaires pour le thé surtout. Et pendant la *season tea* qui ne dure que deux mois, l'animation du port est décuplée. On voit arriver les *tea tasters*, en français, les dégustateurs ; les navires se chargent de la denrée parfumée, principalement pour l'Angleterre et la Russie.

Le port est d'ailleurs immense, et couvert d'une multitude innombrable de jonques.

Le Yang-tsee-Kiang est, du reste, la grande artère commerciale de la Chine ; c'est par les eaux du fleuve Bleu que la civilisation européenne pénètre le plus aisément dans cette contrée, si longtemps et encore si réfractaire aux communications avec l'Occident. Et Pierre revenait convaincu que ce gigantesque cours d'eau, si fécond dans le présent, réservait d'immenses richesses à l'avenir.

Donc, le prosaïque steamer, comme disait M. Lebon, reçut nos voyageurs, dont aucun, pas même lui, ne fut fâché de retrouver les usages de la vie européenne ; emportés rapidement par la vapeur, ils débarquaient le lendemain dans la ville de Nankin.

Qui n'a entendu parler de la tour de porcelaine de Nankin ? Il est peut-être des gens qui ne savent rien autre chose sur le compte de tout l'empire chinois.

Hélas ! la tour légendaire n'existe plus. Le docteur ne pouvait s'en consoler.

Elle a été détruite pendant la guerre contre les rebelles, en 1864, partageant ainsi le sort de la ville qui fut entièrement ruinée.

Les touristes anglais se sont jetés sur les débris de la dite tour, et le docteur n'eut même pas la consolation de pouvoir suivre cet exemple britannique, et d'enrichir d'un morceau de brique cassée, la collection de souvenirs qu'il rapportait en France.

Ce fut une grosse déception.

Autrefois, lorsque la regrettée tour de porcelaine se dressait fièrement dans la capitale du Kiang-Sou, cette ville était la plus peuplée du monde.

Déchue en faveur de Pékin (résidence du Nord) du siège de la cour impériale, Nankin (résidence du Sud) était restée supérieure à sa rivale, sous le rapport commercial et industriel. Mais les rebelles y défièrent pendant longtemps les troupes impériales ; et, prise d'assaut en 1864, la malheureuse cité fut détruite de fond en comble, les défenseurs massacrés jusqu'au dernier.

Depuis cette époque, Nankin s'est relevée de ses ruines,

a reconquis son titre de capitale du Kiang-Sou, est rede-
venue une grande cité, sans recouvrer sa splendeur pri-
mitive.

Et les nouvelles constructions étant loin de remplir
l'enceinte, on assure qu'il est possible de s'y livrer à
d'agréables parties de chasse, et M. Lebon proposa au
docteur de faire un abatis de gibier, pour se consoler de
la disparition de la tour.

Un salmis de bécassines ne serait pas à dédaigner.

Mais ce dernier préféra s'intéresser au côté militaire
et industriel de la ville : fonderies de canons, arsenal,
fabriques de tissus de coton couleur jaunâtre, lequel
croît aux environs de Nankin et en a pris le nom ; et
assister, en curieux, aux examens de l'université chinoise ; Nankin étant un grand centre intellectuel, douze
mille jeunes gens s'y présentent chaque année pour y
conquérir leurs diplômes, gradués en trois degrés comme
les nôtres, les lettrés se divisant en bacheliers, licenciés
et docteurs, ou appellations équivalentes.

Cela ne veut pas dire d'ailleurs que les lettrés soient
tous des puits de science. On prétend même que, moyen-
nant quelque argent et certains trucs, rien n'est plus
aisé en Chine que d'obtenir un diplôme.

Il faut ajouter que, si les bacheliers et licenciés peuvent
conquérir leurs grades à Nankin et autres centres, les
aspirants au titre de docteur, *hanlin, forêt de pinceaux*,
sont tenus d'aller jusqu'à Pékin pour subir cette dernière
épreuve.

Nankin n'est qu'à 270 kilomètres de Shang-Haï.

Au moment où le steamer se mettait en marche, nos
amis eurent un battement de cœur et comme une vision
de la patrie, en voyant passer une canonnière française,
battant pavillon tricolore, et en distinguant l'uniforme
de nos officiers de marine, la physionomie et l'allure des

marins français. Le steamer passa très près de *la Comète*. Les voyageurs saluèrent, Marthe agita son mouchoir, et les yeux mouillés de larmes, ils jetèrent tous spontané- ment un cri : *Vive la France !...*

Les officiers français leur rendirent poliment leur salut, et *la Comète* glissant rapidement sur le fleuve eut bientôt disparu.

Ce navire léger dépendait de la station navale d'Ex- trême-Orient, en ce moment réunie à Shang-Haï, sous les ordres d'un contre-amiral.

Enfin le fleuve géant approche du terme de sa longue course. Après l'avoir traversé sur les glaces des hautes vallées thibétaines, au début de sa carrière, traversé de nouveau, torrent impétueux, près de Batang, descendu le long des gorges ; puis, contemplé les villes populeuses qu'il arrose, assisté à son développement progressif, nos amis arrivaient à l'estuaire immense et dangereux qui termine majestueusement sa carrière.

Là, le fleuve Bleu perd tous ses droits à ce titre, son eau étant absolument jaune.

L'embouchure du Yang-tsee-Kiang est immense : 100 kilomètres d'envergure, dit-on. Mais si le fleuve est *sans fond* dans son parcours, on n'en pourrait dire autant de l'estuaire, encombré de sables et d'îles. Deux passes en permettent l'entrée : celle du Nord, par laquelle on entre directement dans ce qu'on peut véritablement appeler la rivière ; et celle du Sud, qui permet de se rendre à la rivière du Whang-poo, sur laquelle est situé Shang-Haï, et qui se jette dans le Yang-tsee-Kiang à Woo-Sund.

La passe Sud est semée de bancs dont les deux princi- paux sont indiqués par des bateaux-feux.

Et la barre intérieure de Woo-Sund s'étant exhaussée, les grands bâtiments de guerre ne peuvent entrer à Shang-Haï.

M. Lebon donnait toutes ces explications, tandis que le steamer circulait dans la passe et s'engageait dans la rivière de Shang-Haï. Il fit remarquer à ses compagnons *le Bayard*, cuirassé de croisière, battant pavillon amiral, mouillé aux îles Saddle, car il ne peut même pas aller jusqu'à Woo-Sund ; *le Bayard*, illustré naguère, dans ces mêmes parages par un chevalier sans peur et sans reproche de notre xixe siècle, l'amiral Courbet, de glorieuse mémoire.

Puis, à Woo-Sund, *l'Isly*, croiseur de première classe, en acier, beau bâtiment de dix-neuf nœuds ; et enfin, à Shang-Haï même, *l'Eclaireur*, croiseur de troisième classe, et la canonnière *la Surprise*, dont la sœur jumelle *la Comète*, avait été rencontrée par les voyageurs sur le fleuve Bleu.

Telle était alors la composition de notre station navale d'Extrême-Orient, en tout cinq navires, chargés de porter haut et ferme l'honneur du drapeau français.

Shang-Haï signifie *sur mer*. Pourtant, comme nous venons de le dire, cette ville est bâtie sur un affluent du Yang-tsee ; des quais superbes, éclairés à l'électricité, bordent les concessions anglaise, américaine, française. Là s'élèvent des maisons splendides, occupées par le haut commerce, les compagnies maritimes, les consulats. On voit aussi, dans la concession française, des édifices religieux, l'hôpital desservi par des Sœurs de Saint-Vincent de Paul, les procures des missionnaires.

Une multitude de Chinois sont occupés à charger et décharger des navires de toutes les nationalités ; la foule circule sur les vastes quais, à pied ou en *brouette*, sorte de véhicule à deux places, à traction humaine, qui remplace nos fiacres, et a l'avantage de ne coûter que 25 centimes la course.

D'ailleurs, l'homme remplit les fonctions du cheval :

palanquin, brouette, generitcha légère, partout, la traction humaine.

Enfin, les voyageurs distinguèrent, au milieu de tous les Chinois, des Européens et des Européennes qui semblaient être chez eux ; un coin de notre civilisation dans l'Empire du Milieu !

Du reste, la France est vraiment chez elle, dans cette parcelle du territoire chinois ; administrée par un conseil municipal français, la concession forme une sorte de colonie enclavée dans un territoire étranger.

Suzon déclara que cela allait la reposer des faces jaunes ; et l'hôtel français, où nos amis descendirent, n'ayant d'autres voyageurs que des Européens, la brave fille fut si contente que, n'eût été son âge, elle eût volontiers fait des bonds aussi joyeux que ceux de Germaine à la vue d'un jouet nouveau.

Mais ceci n'était rien auprès de la joie qui attendait les voyageurs à Shang-Haï.

C'était un télégramme arrivé depuis une semaine environ.

Le long martyre de la pauvre mère était terminé. Elle venait de recevoir une dépêche de Vernoïé, expédiée par le gouverneur russe.

Car, grâce à la diligence du missionnaire de Ti-Lou, les lettres apportées par Akampa étaient arrivées aussi promptement que possible dans la capitale du Séméritchié.

La société de Vernoïé n'avait pas oublié Marthe, et toutes les dames russes s'associèrent à la joie de l'aimable femme du gouverneur.

Nous n'essaierons pas de dépeindre le bonheur de Madame Daur mère.

Et, quoiqu'un télégramme de Paris à Shang-Haï soit un objet de luxe, elle voulut enlever du cœur de ses enfants une dernière épine, en leur apprenant qu'elle savait tout ! Un baiser de Germaine terminait cette dépêche qui sortait du laconisme usité, et fit entrer une somme ronde dans l'administration des postes et télégraphes.

Le lendemain était un dimanche. Les voyageurs se dirigèrent vers l'église de la concession française. Chemin faisant, ils rencontrèrent deux Sœurs de Saint-Vincent de Paul.

Rencontrer une Sœur de Charité est chose banale en France, mais ici, la cornette aux blanches ailes fit monter les larmes aux yeux de nos amis. Ne souriez pas, cher lecteur, des émotions que donne, à quatre mille lieues de la France, tout ce qui la rappelle avec honneur... les trois couleurs nationales et la Sœur de Charité.

Cependant, la mission des délégués chinois était terminée. On n'avait que des compliments à leur adresser, et ces Messieurs s'en montrèrent prodigues.

Ils se montrèrent également prodigues d'une façon plus positive ; et les deux *tout petits*, éblouis par de telles largesses, durent dire, dans leurs provinces respectives, que les diables occidentaux ne sont pas aussi noirs que le prétend la légende.

Il fallait attendre une semaine le départ du *Peï-ho*, paquebot de la Compagnie des Messageries maritimes.

Cette semaine parut longue aux voyageurs. Après tant de pérégrinations, ils se sentaient las, et tous atteints plus ou moins du mal du pays.

Ils mirent à profit ces derniers jours pour visiter les environs de Shang-Haï, cultivés à peu près comme nos contrées : haricots, choux, épinards... riz, et coton, ce qui a un caractère plus exotique... l'observatoire des Pères Jésuites qui possèdent un petit quartier de la ville indigène ; et là, la croix surmonte une des portes de la ville,

Shang-Haï.

remplaçant heureusement le dragon inévitable qui se dresse sur toutes les portes des villes chinoises.

Enfin, comme tout finit par arriver, le jour du départ se leva, les colis furent transportés à bord, en nombre respectable, vu les souvenirs et collections, (celles du docteur comprises, avec le polype à vinaigre), objets d'art, étoffes, acquisitions de tout genre, qui devaient composer une sorte de musée commémoratif.

Et ils s'installèrent dans leurs chambres respectives.

La mer était calme ; le soleil dardait joyeusement ses rayons.

Debout, sur la dunette du *Peï-ho*, les voyageurs regardaient fuir la terre de Chine, peu à peu noyée dans les ombres bleuâtres de l'horizon.

Enfin ! c'était la dernière étape.

Assurément, ils quittaient sans regret ce vieux continent asiatique qui ne leur avait ménagé ni les labeurs, ni les périls, ni les angoisses. Mais tout départ sans pensée de retour impressionne le cœur humain ; et, (M. Lebon, ce voyageur professionnel excepté), il y avait tout lieu de prévoir que nos amis adressaient un adieu définitif aux plages chinoises.

Et le monstre marin fendit les flots...

Deux mois avaient passé depuis l'arrivée du télégramme envoyé par le gouverneur de Vernoïé, deux mois pendant lesquels la mère avait compté les jours.

Mais c'était une attente joyeuse ; Madame Daur ne pleurait plus : elle bénissait Dieu.

Germaine attendait aussi, par imitation d'abord : elle voyait sa grand'mère si heureuse d'attendre... puis ce papa et cette maman, êtres presque mystérieux pour son imagination enfantine, lui apparaissaient comme une vision merveilleuse, tout à la fois ravissante et indéfinissable.

Mais si, dans ses rêves, il lui semblait voir une forme gracieuse sourire et se pencher sur son petit lit, elle n'en dormait pas moins depuis le soir jusqu'au matin, ses joues restaient roses et son appétit irréprochable.

Cependant sa grand'mère, malgré son énergie et ses efforts, était en proie à une agitation nerveuse qui l'eût épuisée si l'attente s'était trop prolongée.

Enfin ! enfin !... *le Peï-ho* est signalé à Marseille.

On sonne. Encore un papier bleu !... Ils seront à Paris demain soir !

— Germaine, Germaine ! s'écria Madame Daur.

La petite fille accourut :

— Grand'mère pleure ?

— Papa et maman arrivent demain !

— Quel bonheur !... quel bonheur !...

Et l'enfant sauta tout autour de la chambre, en poussant des cris joyeux, un peu étonnée pourtant de voir pleurer grand'mère.

Car elle était encore à cet âge heureux où la joie ne fait pas couler les larmes.

Le reste du jour se passa en préparatifs.

Madame Daur voulut donner à l'appartement un air de fête.

— Des fleurs partout ! beaucoup de fleurs ! dit-elle à ses domestiques, presque aussi heureux que leur maîtresse.

Enfin la nuit se passe, le jour se lève, la journée s'écoule... Voici l'heure...

Dix minutes, un quart d'heure, une demi-heure s'écoulent... le train a du retard...

Germaine s'étonne de ne pas voir arriver papa et maman.

Vêtue d'une robe blanche, ses magnifiques boucles bien arrangées sur ses épaules, elle craint de se salir, de se décoiffer...

Enfin! plusieurs pas se font entendre dans l'escalier...

On s'arrête devant la porte!!!

Ding! ding! un vigoureux coup de sonnette!

Il est plus facile de décrire les douleurs de la vie que d'en dépeindre les joies... Le lecteur voit d'ici une scène que nous renonçons à narrer.

Germaine était là un peu ahurie... en voyant tant de monde... Comment discerner son papa?...

— Regarde! dit l'aïeule en lui montrant Pierre.

Et la lumière se fit.

— C'est papa!...

L'heureux père enleva l'enfant dans ses bras, puis elle passa dans ceux de maman, puis ce fut le tour de tonton Georges!... et de tonton docteur.

— Tu as raison! tonton docteur, fit celui-ci tout ému, je retiens ce titre que je mérite bien!

M. Lebon se pencha vers l'enfant:

— Et moi, qui suis-je?

Germaine posa sur le voyageur son regard intelligent, réfléchit deux secondes:

— Monsieur Ami!

— Bravo! fit Pierre, Monsieur Ami! tu ne pouvais mieux trouver!

Alors Suzon s'empara de l enfant et la dévora de caresses.

Cependant la porte était restée entr'ouverte, et Tamerlan fit son entrée dans ce salon élégant et éblouissant de lumière, avec l'aisance d'un mouton que rien n'étonne plus, montra qu'il savait vivre, en acceptant une brioche des mains de Madame Daur, reçut poliment les caresses de Germaine, laissa placer sur son dos la grande poupée de la petite fille, et fit ainsi un temps de galop, autour de la pièce, aux applaudissements de l'assemblée.

Suzon triomphait :

— Quand je le disais, que cela ferait une paire d'amis !

— Un télégramme !

— Un télégramme pour le docteur ! dit Madame Daur.

— C'est vrai !... de Srinagar !... Allons ! la fête est complète. Ce cher Thourel, prévenu par le gouverneur de Vernoïé, a calculé que nous devions être de retour à Paris !... Et ses félicitations nous arrivent avec un merveilleux à-propos !...

— Votons-lui un télégramme de remerciements !..... s'écrièrent tous les assistants.

— A-t-on apporté un panier à mon adresse ? continua le docteur.

— Non, répondit Madame Daur.

— Allons, bon !... j'ai pourtant télégraphié de Marseille.

— Que voulez-vous dire ? demanda Marthe.

— Je m'entends !

— Madame est servie, dit la femme de chambre en ouvrant la porte du salon.

On passa gaiement dans la salle à manger, brillamment éclairée ; la table était couverte de fleurs.

Ah ! cela ne ressemblait pas à ce repas triste et amer qui réunissait les mêmes convives, deux ans auparavant.

Qu'ils étaient heureux aujourd'hui !... C'est si bon de retrouver la famille, la patrie, le chez-soi, le *home !* d'être là, ensemble, un groupe d'amis ne faisant qu'un cœur et qu'une âme ; en repos, et sécurité, après avoir partagé fraternellement fatigues et périls !

Marthe trouva un paquet ficelé sous sa serviette. Germaine, rouge, haletante, regardait sa mère défaire les nœuds, déplier le papier.

C'était le fameux dessous de lampe, dont les nuances fanées témoignaient par écrit des laborieux et persévérants efforts de la petite brodeuse.

Mais c'était ravissant pour des yeux maternels., et pour des yeux paternels aussi ; ravissant encore pour les yeux de Suzon qui mit ses lunettes pour mieux admirer.

Et Germaine était contente !... contente !...

On arrivait au dessert. Pierre racontait à sa mère les détails de ses palpitantes aventures ; chacun rappelait une anecdote, un fait, un péril ; Madame Daur écoutait ; elle était presque muette.

— Ah ! enfin ! s'écria le docteur.

On apportait un panier de vin de champagne.

— Décidément, cher docteur, dit Pierre, vous avez la spécialité des vins !...

— Il fallait bien, après le Château-Margaux que nous avons bu à votre délivrance, à Tsiamdo, faire sauter le bouchon de quelques bouteilles de champagne pour fêter notre retour en France, auprès de votre mère !... Chacun de nous va maintenant retourner à ses travaux, sans oublier ces deux années de périls partagés ensemble.

— Et qui ont cimenté entre nous une amitié inaltérable, dit M. Lebon.

— Je n'oublierai jamais que je vous dois, à tous, la vie de mon fils, dit à son tour Madame Daur avec émotion, à vous aussi Marthe, qui vous êtes montrée le type du dévouement conjugal, à vous, cher docteur, qui avez exposé votre vie avec un tel héroïsme !... à vous aussi, ma bonne Suzon, qui vous êtes montrée si fidèle et si courageuse !.,.

Suzon arrivait en ce moment pour le coucher de la petite Germaine. Et cette fille, d'ordinaire si prompte à la réplique, ne répondit pas un mot, elle se mit à pleurer.

— Maman, dit Germaine, je t'en prie, viens me coucher toi-même.

Marthe ne put résister à cette demande ; elle se leva et sortit avec la petite fille.

L'enfant s'agenouilla pour faire sa prière, et commença :

— Bon Jésus...

Puis elle s'arrêta, hésitant à continuer ; elle regarda sa mère, réfléchit un instant, et reprit :

— Bon Jésus, merci d'avoir ramené papa et maman !

. . . .

. . . .

Le tout Paris géographique s'est ému de l'arrivée de ces voyageurs français qui ont accompli une odyssée aussi dramatique, et forcé les portes de la fameuse cité thibétaine. Aussi, la relation de voyage, due à la collaboration de M. Lebon, de Pierre, de Georges et du docteur, ne tardera pas à paraître et aura assurément un légitime succès.

Marthe est la femme simple, modeste, distinguée d'autrefois, ou plutôt qu'elle n'a jamais cessé d'être.

En la voyant se glisser inaperçue dans la foule, on ne se douterait pas que son pied, aussi mignon qu'intrépide, a hardiment foulé les hauts sommets du terrible plateau thibétain.

Germaine grandit ; elle est de plus en plus gentille et Suzon en raffole de plus en plus.

Le docteur est retourné à ses malades.

Georges a repris ses cours, avec la supériorité que donne la pratique ajoutée à la théorie.

M. Lebon médite de traverser l'Afrique de part en part, de l'ouest à l'est. En attendant qu'il mette ce colossal projet à exécution, il est dans les meilleurs termes avec Germaine qui continue à l'appeler Monsieur Ami.

Quant à Madame Daur, tout le monde s'accorde à dire qu'elle rajeunit.

Tamerlan est installé au Jardin d'Acclimatation.

Garder un mouton dans un appartement parisien était une entreprise hérissée de difficultés. Le concierge, en voyant ce locataire insolite, avait témoigné d'une stupéfaction peu approbative, bien que Suzon eût soin de le faire toujours passer par l'escalier de service.

On eut beaucoup de peine à décider la vieille mie à se séparer de ce gentil compagnon de voyage. Mais Marthe lui fit comprendre que la santé de son favori souffrirait de la vie confinée. Il fallait au mouton de l'Asie centrale le grand air, l'illusion des vastes espaces, l'herbe verte à discrétion.

Tamerlan paraît apprécier les douceurs de sa nouvelle existence. Réuni à des animaux de son espèce, il s'est peut-être fait des amis... mais le gentil mouton de somme n'est pas un ingrat.

Et souvent, très souvent, les promeneurs peuvent voir une femme tenant par la main une jolie petite fille. Toutes deux s'approchent de l'enclos.

Alors, un mouton noir accourt bondissant et joyeux, passe sa tête au travers de la barrière, et reçoit, avec une satisfaction évidente, les caresses de la petite fille et de la vieille gouvernante.

— C'est singulier, disent les curieux, ils ont l'air de se connaître !

Et maintenant, ami lecteur, un mot encore avant de prendre congé de vous.

Dans le cas où ce récit vous aurait inspiré le désir de faire, à votre tour, un voyage dans la haute Asie, nous sommes heureux de vous prévenir que Pierre se tient gracieusement à votre disposition pour vous donner tous les renseignements utiles ; mais il vous conseille de ne pas aller à Lassa.

TABLE DES MATIÈRES